Hanna Ahrens
Größer als unser Herz

Hanna Ahrens

Größer als unser Herz

Geschichten von Himmel und Erde

Verlag Giessen · Basel

© 2009 Brunnen Verlag Gießen
www.brunnen-verlag.de
Lektorat: Eva-Maria Busch
Umschlag- und Innengrafiken: Hanna Ahrens
Umschlaggestaltung: Ralf Simon
Satz: DTP Brunnen
Herstellung: GGP Media GmbH, Pößneck
ISBN 978-3-7655-1710-5

Meinen Enkelkindern:

*Paul und Philipp,
Maya und Eva,
Felicitas und Frederick*

*Wenn unser Herz uns verdammt, ist Gott
größer als unser Herz,
und er kennt alle Dinge.*
1. JOHANNES 3,20

Inhalt

WARTEN AUF OSTERN
Ein Hauch von Frühling	11
Oben auf dem Berg	12
Ein Fest gegen die Angst	13
Warten	15
Du sollst nicht schubsen!	16
Wie die Zeit vergeht!	17
Ein Meer von Farben	18
Bücher mit Eselsohren	19

WENN DER MOND AUFGEHT
Wenn der Mond aufgeht – wie macht er das?	21
Rede wieder schön mit mir!	22
Ein Geheimnis	23
Mutterglück	24
Das Puppenhaus	24
Eisbären und Gefängnis	24
Frederick, der Sechste	25
Der erste Liebesbrief	27
Wie von Engeln getragen	28
Wessen Lieder wirst du singen?	29
Pfützen und Liebe	31
Angst	31
Indianer	32
Wo wohnt Gott?	33
Wie schreibt man „Liebe"?	33

UNGEDULD UND HUMOR
Ein Sommer ohne Schmerzen? 35
Rollstuhltage 36
Die Stumpfheit der Seele 39
Die Ziege im Schlafzimmer 41
Wenn Sehnen sich dehnen 42
Ungeduld und Humor 45
Weißt du noch? 47
Mein 70. Geburtstag 51
Marokkanische Minze 54

GRÖSSER ALS UNSER HERZ
Das Lächeln Gottes 57
Ein Strom der Gnade 59
Ist Glück Glückssache? 62
Pfingsten 63
Ein merkwürdiger Traum 64
Namen nennen 65
Enge und Weite 66
Die ausgestreckte Hand 67
Ein offenes Fenster 69
Die besseren Pilger 70
Wenn Kränkungen krank machen 71
Guten Morgen, liebe Sorgen! 72
Heute Nacht 76
Ein durchsichtiger Gott? 77

LAUTER HUNDEGESCHICHTEN
Wenn eine alte Hündin stirbt 80
Der Tag, als Leo Löwenherz zu uns kam 85

Löwen sind schwer zu bändigen	88
Wundervolle Gefährten	92
Mittags in der Baumschule	95
Leo, der Charmeur	96
Wie auf Wolken	97
Liebe oder Vorliebe?	98
Leo, das Lamm	99

Den Gedanken das Tanzen erlauben

Älterwerden	104
Geteiltes Glück	104
Meine alte Schreibmaschine	105
Der Garten im September	107
Nachdenken, noch einmal neu!	108
Wie ein Film	109
Meine Mutter	112
Eine Woche nur	113
Komm in unser dunkles Herz	115
Nicht mehr lieben können	116
Den Gedanken das Tanzen erlauben	117
Koala und Wombat	119
Heilende Hände	121

Wind oder Engelsgesang?

Die Schneekönigin	123
Ein Gott, der Tränen sieht	124
Unser Rotkehlchen	125
Ein Lied reist um die Welt	126
Der leuchtende Fußtritt eines Engels	127
Die offene Tür	129

Wind oder Engelsgesang?	131
Eine Giraffe an der Krippe	134
Something beautiful	137

Warten auf Ostern

Ein Hauch von Frühling

Ende Januar. Die weihnachtlichen Tannenzweige sind aus den Blumenkästen vor meinem Küchenfenster entfernt. Stattdessen habe ich Grünpflanzen, Moos und Frühlingsblumen hineingetan, um dem Winter auf die Sprünge zu helfen. Im linken Kasten sitzt nun ein kleines Keramik-küken, das die ebenfalls gelbe Primel im rechten Kasten sehnsüchtig anblickt. Es wartet auf Ostern. Wie ich.

Erwartung

Seine Bedingungen
sind die des Frühlings:
Arm musst du sein,
winterstarr unterm Schnee
mit kahlen Ästen,
ein Baum ohne Blätter.

Wenn er kommt,
wachsen sie dir
aufs Neue zu:
schöner.

*Wenn er kommt,
ersteht das Leben
in dir
mit hundert Blüten
für eine
hundertfältige Frucht.*
Lothar Zenetti

Oben auf dem Berg

Am Sonntag nach Epiphanias gehen wir zum Gottesdienst. Das Evangelium spricht von der Verklärung Jesu. Auf einem hohen Berg hat Jesus drei seiner Jünger – Petrus, Jakobus und Johannes – geführt. Dort geschieht es: Plötzlich sehen sie das Gewand Jesu „leuchtend weiß, wie es kein Bleicher auf Erden so weiß machen kann". Auch Elia und Mose erscheinen den Jüngern. Gottes Sohn wird transparent für die Herrlichkeit Gottes.

Petrus möchte diesen Moment festhalten. Er will bleiben und Hütten bauen.

Durch die Kirchenfenster fällt helles Sonnenlicht auf die weiß-rosa Amaryllis im Altarraum und macht die großen Blüten ganz leicht und transparent, als schwebten sie dem Himmel entgegen.

Was die Jünger erlebt haben, als sie Jesus in himmlischem Licht sahen, solche Momente von spiritueller Dichte sind selten. Berg-Erlebnisse gibt es nicht jeden Tag. Und sie sind nicht von Dauer. Eine Wolke kommt und aus dieser Wolke hören sie eine Stimme, Gottes Stimme. Sie hilft den Jüngern zu verstehen, was ihre Augen gesehen haben: „Dies ist mein lieber Sohn, ihn sollt ihr hören!"

Die Vision, all dies Licht, das Jesus umgibt, erschreckt und verwirrt die Jünger. Petrus „wusste nicht, was er redete", als er sich wünscht, dort oben auf dem Berg zu bleiben, um all dies Wunderbare festzuhalten.

Nun, im Schatten der Wolke, sehen sie nur noch Jesus allein. Und er fordert sie auf, aus der Höhe mit ihm in die Niederungen zu gehen, hinunter nach Jerusalem: „Steht auf! Fürchtet euch nicht!"

Ein Fest gegen die Angst

Heute Nacht wachte ich mehrfach auf. Ich dachte an die Worte meines Orthopäden: Er hoffte, eine Operation der Sehne im linken Bein sei vermeidbar. Es müssten aber sofort Maßnahmen ergriffen werden ... Solche Worte klingen in schlaflosen Stunden noch bedrohlicher als am hellen Tag.

Aber mitten in all der Angst sagte mein Herz plötzlich – als hätte ihm jemand die Worte vorgesprochen: „Herr, ich bin in deiner Hand – ganz und gar. Ich danke dir!"

Wie wunderbar entspannt habe ich danach geschlafen.

***

Ostersonntag. Ein schöner Gottesdienst. Das „Halleluja" der Osterlieder fegt alle Traurigkeit aus den Herzen, so wie der Frühlingssturm die welken Blätter wegbläst.

„Auf, auf, mein Herz, mit Freuden nimm wahr, was heut geschieht, wie kommt nach großem Leiden nun ein so großes Licht ..."

Dann die Predigt über Johannes 20: Maria Magdalena. Sie, die den toten Jesus im Grab suchte, sieht dann, als sie sich umdreht, plötzlich Jesus dort stehen, hält ihn aber für den Gärtner. Erst als er sie mit Namen anspricht: „Maria!", erkennt sie ihren Herrn und sagt: „Rabbuni! Meister!"

Ich denke an das Wort des Propheten Jesaja: „Fürchte dich nicht!", sagt Gott. „Ich habe dich bei deinem Namen gerufen, du bist mein."

Gott kennt mich mit Namen: Ein Wort gegen meine Angst.

***

Um das Thema: „Angst" geht es auch am folgenden Sonnabend beim Frühstückstreffen: „Keine Angst vor der Angst!"

Wir haben Angst vor Schmerzen, Einsamkeit, Verlust und Tod. Ostern hat dem Tod die Macht genommen. Er hat nicht mehr das letzte Wort, denn Christus ist auferstanden. Durch ihn ist auch uns ein Leben versprochen, das nicht mehr vergeht.

Orthodoxe Christen grüßen sich in der Osterzeit mit den Worten: „Christus ist auferstanden!" Die Antwort lautet: „Er ist wahrhaftig auferstanden!"

Ich war ganz überrascht, als ich diesen Gruß in Griechenland bei zwei Taxifahrern hörte, die aus ihren Autos stiegen.

***

Als wir im Gottesdienst das Osterlied: „Auf, auf, mein Herz, mit Freuden ..." singen, muss ich an den alten, fast blinden Professor in der Schweiz denken, dem ich seinerzeit in den Semesterferien im Haushalt half.

Er bestand darauf, dass wir an jedem Sonntagmorgen, wenn der Kaffee eingeschenkt war, zunächst ebendies Osterlied sangen.

Beim zweiten Vers „Er ruft Viktoria, schwingt fröhlich hier und da sein Fähnlein als ein Held, der Feld und Mut behält ..." schlug er immer mit der Faust auf den Tisch, um den Sieg Jesu zu unterstreichen. Dass dabei die Kaffeetassen wackelten und der Kaffee überschwappte, störte ihn nicht, er sah es ja nicht. Ich nahm dann immer eine Serviette und tupfte die Untertassen wieder trocken.

Das Triumphierende von Ostern, der Sieg über Angst und Tod, ist mir seitdem in Fleisch und Blut übergegangen. Ins Herz auch. Ostern: ein Fest gegen die Angst.

Warten

Unter meinem Fenster sind zwischen der hohen Magnolie um dem Winterhibiskus die ersten Tulpen zu sehen. Sie haben kräftige Stiele und auch schon Knospen, groß genug, um sich an wärmeren Tagen zu öffnen. Ein wenig jedenfalls. Aber nichts geschieht. Seit Wochen ist es dasselbe Bild.

Ich bewundere ihre Geduld. Nur ganz zögernd färben sich ihre grünen Blütenblätter an den Rändern weiß und blassrosa.

Aber nun gibt es kein Halten mehr: Die hellen Farben gewinnen. Und dann, an einem warmen Tag, schafft die Sonne es, die Knospen, diese standhaften, zu überreden. Scheinbar mühelos, geradezu leichtsinnig, öffnen sie sich und werden im Mittagslicht zu großen offenen Schalen, die Staubgefäße den Hummeln preisgegeben.

Bei einsetzender Dämmerung richten sich die Blütenblätter wieder auf und umhüllen die verletzliche Mitte wie ein Zelt. Das Sich-Öffnen und Schließen dauert an, bis die Blüte – erschöpft von so viel Hingabe – abfällt und welkt. Nur Stiel und Fruchtknoten bleiben stehen, aufrecht oder ein wenig schräg, während die Zwiebel unter der Erde für neues Leben sorgt: für Tulpen, mit denen wir dann erneut im kommenden Jahr auf Licht und Wärme warten.

Du sollst nicht schubsen!

Im Frühjahrprogramm des Kindergartens waren die Zehn Gebote dran.

Als Maya und Eva am frühen Nachmittag von ihrer Mutter abgeholt wurden, rief Eva: „Mami!! Wir haben über die Zehn Gebote gesprochen!"

Susanne: „Über alle zehn?"

Eva: „Ja, es waren sogar noch mehr. Wir haben sie so gemacht, dass sie für uns passen!"

Susanne: „Und wie heißen eure Gebote denn jetzt?"

Maya: „Du sollst nicht schubsen, boxen, treten oder zwicken!" (Das war für sie am wichtigsten, weil sie wegen ihres Schlüsselbeinbruchs einen steifen Verband tragen musste.)

Eva, der Erde und Matsch ein Gräuel sind, hatte dagegen ein anderes Gebot mehr eingeleuchtet: „Du sollst nicht mit Sand, Steinen oder Schnee werfen!"

Beide fanden es lustig, dass es ein Gebot gab, das eigentlich mehr zu Pippi Langstrumpf passte: „Du sollst nicht aus dem Fenster steigen und keine Türen aushängen!"

Aber die Kindergarten-Gebote drangen auch in den ästhetischen Bereich vor: „Du sollst nicht schmatzen, rülpsen oder spucken!" Und zum Thema Energiesparen hatte man formuliert: „Du sollst Wasser nur so lange, wie nötig, laufen lassen!"

Achtzehn Gebote sind es geworden, damit jedes Kind einbringen konnte, was ihm wichtig war.

Ich bin – was Maya und Eva betrifft – gespannt auf die Umsetzung. Am übernächsten Wochenende besuchen sie uns hier in Hamburg. Vielleicht erklären sie mir dann, dass Händewaschen vor dem Essen jetzt verboten ist. Und ich werde mir Mühe geben, weder zu zwicken noch mit Steinen zu werfen. Auch die Türen werden von jetzt ab in ihren Angeln bleiben, da bin ich ganz zuversichtlich!

Wie die Zeit vergeht!

Es ist Mitte April, aber noch kalt. Morgens vier Grad. Mittags wärmt die Sonne schon. Bald wird unsere große Buchenhecke wieder ausschlagen, zuerst an einzelnen Stellen und dann überall. Das ist jedes Jahr schön zu beobachten. Ich weiß noch genau, wie es im vergangenen Jahr war.

Wie schnell ein Jahr vergeht! In ein paar Monaten werde ich siebzig sein. Falls ich achtzig werde, erlebe ich dies noch zehn Mal. Nur noch zehn Mal! Und achtzig ist doch ein schönes Alter!

Ich empfinde das Entrinnen der Zeit viel stärker als früher. Gehen die letzen Lebensjahre schneller vorbei? Es scheint so. Und dann müssen wir uns verabschieden. Es ist wenig, was wir hinterlassen. Ob unsere Kinder sich daran erinnern werden, wie sehr wir sie geliebt haben? Ich glaube schon. Sie werden aber auch unsere Fehler vor Augen haben und versuchen, ihre Kinder anders zu erziehen. Sie machen es, ehrlich gesagt, besser als wir. Ich bewundere ihre Fantasie, Hingabe und Geduld. Ihre intensive Zuwendung.

Ein Meer von Farben

In drei Tagen ist der Mai vorbei – wie schade! Niemals sonst ist der Garten so schön, als wenn Blumen zum ersten Mal blühen: die großen schweren Bauernrosen und daneben roter Mohn, violett-blaue Iris und gelbe Schwertlilien.

Etwas später kommt der Storchenschnabel dazu. Ganz üppig blüht auch jetzt schon die Katzenminze, zaghaft kommen die ersten Fingerhüte (Digitalis).

Der Wind ist in Sturm übergegangen, er schüttelt und beugt die alte Kiefer, entreißt ihr die letzten Zapfen. Der große Baum kennt die Stürme, aber ganz oben sitzen junge Elstern in ihrem Nest. Ob ihnen nicht schwindelig wird? Ob das Nest – aus unendlich vielen dürren Zweigen gebaut, verflochten, verklebt – hält? Ich höre die Jungvögel, wenn die Eltern mit Futter kommen, in zarten Tönen piepsen. Ihre Stimmen sind trotz energischem Fordern melodischer, weicher und zarter als die ihrer krächzenden Eltern.

Die Nachbarn sagen: „Ihr hättet das Nest gleich zu Anfang zerstören müssen!" Aber das kann ich nicht. Die Nestbauer haben so viel Mühe, Geschick und Ausdauer daran gewendet. Alles für ihre Kinder!

Mohnblume

Bücher mit Eselsohren

Was wird im Elektronikzeitalter aus Büchern? Verlage, Buchhändler und Leser fragen sich das seit Jahren.

Amazon und Sony haben ihre neuen Geräte vorgestellt, in deren Speicher etwa 160 Bücher passen. Das sei doch sehr bequem, heißt es – vor allem für Reisende. Man hätte viel weniger zu schleppen. Aber wer reist schon mit 160 Büchern? Ein oder zwei, auch sechs oder acht Bücher haben im Koffer immer Platz!

Für mich ist es viel gemütlicher, ein Buch in der Hand zu halten als ein elektronisches Gerät. Mit einem Buch kann ich auf dem Sofa oder Rasen liegen, auch im Sand, wenn es nicht zu stark weht! Aber das wäre für elektronische Geräte noch schlimmer! In einem Buch kann man blättern, Sätze anstreichen, Eselsohren einknicken, Lesezeichen und Bänder, Zettel oder Briefe zwischen die Seiten stecken.

Ist man müde geworden oder kommt ein Telefonanruf, legt man es auf den Tisch. Ich mag es gern, wenn Bücher einen festen Einband haben, dann ist das, was man liebt, für Jahre gut aufgehoben.

Bücher
sind wie Tücher,
die uns einhüllen
und alle Hektik stillen:
Ich und mein Buch,
das ist genug!
Ich halte es in der Hand,
lese mit Herz und Verstand,
kann mich in das Buch verlieben,
esse Schmalzbrot mit Grieben.
Dabei gibt es einen Fleck,
der geht nicht mehr weg.
Seiten werden eingeknickt,
wo mich etwas sehr entzückt.
Das Buch wird ein Teil von mir,
und darum geht es hier!

Wenn der Mond aufgeht

Wenn der Mond aufgeht – wie macht er das?

Gestern rief unsere Tochter an. Sie erzählte von Maya und Eva (4). Die Zwillinge hatten – wie üblich – keine Lust, mit den Eltern spazieren zu gehen. Also sagten die Eltern: „Gut, dann bleibt ihr eben zu Hause. Wir stellen euch das Handy so ein, das ihr nur auf die Rückruftaste zu drücken braucht und dann könnt ihr mit uns sprechen – falls irgendetwas passiert. Wir kommen dann ganz schnell zurück!"

Trockenübung im Wohnzimmer. Es klappte.

Die Mädchen waren begeistert. Aber nach fünf Minuten – allein im großen Haus – wurde ihnen etwas mulmig zumute. Sie drückten die Rückruftaste. Die Eltern meldeten sich: „Was ist los?"

Eva: „Ich hab Halsschmerzen!"

Schmerzen spürt man mehr, wenn man sich verlassen fühlt.

Drei Minuten später: „Mami, der Lichtschalter geht nicht!"

Susanne: „Macht nichts. Es ist ja taghell!"

Dann Eva: „Mami, wenn der Mond aufgeht – wie macht er das?"

„Erklär' ich euch später!"

Vierter Anruf: „Ich wollte nur wissen: Wenn die Sonne scheint ... warum steht sie immer auf dem gelben Punkt?"

Die Eltern wurden energisch: „Ihr solltet nur anrufen, wenn etwas Schlimmes passiert ist."

„Ja!"
Maya: „Mami, beim Puzzle fehlt ein Teil!"
Susanne: „Sucht unterm Tisch!"
Eva: „Mami, ich muss auf die Toilette!"
Susanne: „Gut, dann geh! Wir kommen!"
Eva: „Mami, es war nur ein Pups!"

Aber da standen die Eltern schon in der Haustür. Neun Anrufe in einer Viertelstunde. Welch erholsamer Spaziergang! Aber die Zwillinge wussten nun: Die Eltern sind immer erreichbar; man braucht nur auf den Knopf zu drücken.

Rede wieder schön mit mir!

Susanne hat mit Eva (5) geschimpft, weil ihre Tochter bockig war. Etwas später, beim Zubettbringen, bittet Eva ihre Mutter: „Mama, red' wieder schön mit mir!"

„Woll'n wir uns wieder vertragen?"

„Ja!"

Die beiden umarmen sich, alles ist gut.

Kleine Kinder brauchen eine Atmosphäre von Frieden und Liebe. Wenn sie merken, dass die Eltern „böse" auf sie sind, können sie das nicht lange ertragen. Auch Erwachsene leiden unter Streit, Verstimmung und Schweigen.

Menschen haben immer auch erfahren, dass Gott schweigt, und darunter gelitten, wenn es keine Antwort gab auf Bitten und Fragen. Der ganz andere, dunkle, ferne, schweigende Gott erschreckt uns. Darum die Bitte in den Psalmen: „Herr, lass dein Antlitz über uns leuchten – dann genesen wir" (Psalm 90).

Und Gott hat versprochen: „Ich will euch mein Antlitz zuwenden!" Gott hört, wenn wir bitten: „Rede wieder freundlich mit mir!" Aber er mutet uns zu, auf ihn zu warten.

Wilde Hyazinthe

Ein Geheimnis

Felicitas (3), unsere Dresdener Enkelin, konnte kaum erwarten, dass ihr Papa endlich von der Arbeit nach Hause kam. Sie lief auf ihn zu.

„Papa??? Ich sag dir ein Geheimnis! Aber du darfst es nicht verraten!"

„Nein!!!"

Dann flüsterte sie ihm ins Ohr: „An meinem vierten Geburtstag werde ich vier Jahre alt!"

„Toll! Nein, das sag ich keinem!"

Mutterglück

Weil Eva gerade mit dem Nachbarssohn spielt, darf Maya einmal ohne ihre Zwillingsschwester mit Mama allein zum Einkaufen fahren. Ein Hochgefühl. Maya sitzt für die kurze Strecke auf dem Beifahrersitz, angeschnallt natürlich. Sie seufzt vor Wohlbehagen: „Ach, wenn ich doch auch einmal Mama wäre! Dann könnte ich endlich machen, was ich will!"

Susanne lacht. Wann kann eine Mutter von Zwillingen schon mal machen, was sie will!

Das Puppenhaus

Felicitas (3) hat zu Weihnachten vom Christkind ein Puppenhaus bekommen, das sie sehr liebt. Das Christkind ist für sie dasselbe wie der liebe Gott.

Zu ihm betet sie abends im Bett: „… und mach, dass wir alle nicht krank werden! … Und das Puppenhaus lass da!"

Eisbären und Gefängnis

Felicitas hustet stark. Ihre Mama sagt: „Feli, huste dir nicht die Seele aus dem Leib!"

Felicitas: „Ich hab' keine Seele! Ich hab' ein Frosch im Hals!"

Die Mama schlägt als Abwechslung und Ablenkung vom Thema „Seele" vor, ein Eisbären-Bilderbuch anzugucken.

Felicitas: „Wann fahren wir endlich zu den echten Eisbären?"

Mama: „Das ist viel zu weit und zu kalt und zu teuer!"

„Zu teuer? Dann schütten wir eben Papas Portemonnaie in deins, und ich tue meins auch noch dazu!"

„Feli, das reicht immer noch nicht!"

„Dann gehn wir eben noch mal zu Lidl einkaufen, da kriegen wir doch auch immer Geld!" (Sie meint das Wechselgeld.)

Felicitas ist sauer. Sie schlägt um sich und beißt.

Mama: „Felicitas, was sollen wir denn mit dir machen, wenn du beißt und haust?"

Felicitas: „Mich ins Gefängnis bringen!"

Mama: „Kinder können noch nicht ins Gefängnis! Was machen wir denn mit dir?"

Felicitas: „Mir was Süßes geben. Süßes macht Kinder lieb."

Frederick, der Sechste

Als ich heute Morgen gegen vier Uhr aufwachte, konnte ich nicht wieder einschlafen. Ich dachte an unser jüngstes Enkelkind, das eigentlich schon seit vier Tagen geboren sein sollte. Wie sehr hoffen wir auf eine glückliche Geburt und ein gesundes Kind!

Gestern haben wir schon mal ein paar Strampelanzüge gekauft – winzig klein, aber wahrscheinlich doch noch viel zu groß! Sie hießen: „Superbear" und „Wild Cosair". Ich mag den „Little Indian" am liebsten wegen der zarten blauen und braunen Streifen.

Wie die Eltern ihr Kind wohl nennen werden? Wir durften auch eine Namensliste einreichen. Einer davon wurde genommen. Aber welcher? Ben, Sebastian, Christoph?

Bei jedem Klingeln stürzten wir zum Telefon: „Jaaa????" Aber es ging dann entweder um Vortragstermine, oder es war der Dachdecker, der früher kommen wollte.

Außer dass ich die Hände faltete und die drei Strampelanzüge, die ich immer wieder anders arrangierte, konnte ich eigentlich nichts tun. Ich sollte sie endlich einpacken, damit wir schnell losfahren konnten, wenn es soweit war.

Inzwischen ging der Mai seinem Ende entgegen. Wir saßen nach dem Frühstück noch mit Zeitungen am Tisch, da klingelte das Telefon. Ich griff nach dem Hörer.

Micha sagte: „Also … das Baby ist da. Heute Morgen – kurz vor fünf. Alles ist gut. Judith geht's auch gut!"

„Wie wunderbar! Herzlichen Glückwunsch! Wir freuen uns mit euch …"

„Es war eine schöne Geburt – in der Badewanne. Die Hebamme hatte Zeit – es gab keine anderen Geburten."

„Und … ist es ein Junge?"

„Ja! Ein großer, sehr kräftig, über vier Kilo! Gut drei Stunden hat die Geburt gedauert. Das war schnell! Aber was Frauen für Schmerzen aushalten müssen!"

„Das stimmt! Und? Wie heißt er nun?"

„Frederick! Ein Name von eurer Liste!"

Ich erinnerte mich an diesen Namen gar nicht mehr.

„Also … ich rufe euch nachher von zu Hause aus noch mal an!"

Wir freuten uns. Die Zeitungen blieben liegen. Ich nahm meine Kaffeetasse mit an den Schreibtisch und schrieb an Frederick …

Der erste Liebesbrief

Lieber Frederick! Du bist jetzt gerade vier Stunden alt. Den ersten Liebesbrief deines Lebens sollst du von deiner Oma aus Hamburg bekommen. Wir freuen uns so sehr, dass du jetzt da bist und wir dich ansehen und in die Arme nehmen können. Morgen sind wir bei dir! Vielleicht blinzelst du dann schon mal! Aber es muss nicht sein. Schlaf ruhig, wenn du müde bist!

Du bist kurz vor Sonnenaufgang geboren. Oder soll ich sagen: Als du auf die Welt kamst, ging die Sonne auf? Deine Schwester hat ja das Bilderbuch von der Maus Frederick. Da sammelt der kleine Mäusejunge Sonnenstrahlen, Farben und Wörter für den kalten Winter. Dein Vater sagt: Du hast große Hände! Damit kannst du viel Sonne und Wärme sammeln für dich und für andere. Alle werden dich lieben.

Aber nun schlaf erst mal, trink und wachse schön!

Wir lieben dich! Deine Oma und dein Opa.

Wie von Engeln getragen

Schon mittags waren wir in Dresden, um unser sechstes Enkelkind zu begrüßen. Frederick lag bei seiner Mama und nuckelte an ihrer Brust. Nichts konnte ihn davon ablenken, auch Felicitas (3) nicht, die neben ihm auf und ab sprang („Ich bin auch noch da! Guck mal, wie ich springen kann!!"), als wäre das Krankenhausbett ein Trampolin.

Frederick ... sah er nicht aus wie Micha als Baby? Ein Ahrens also! Toll!

Judiths Eltern, die ihren Enkel schon vor uns gesehen hatten, weil sie in Dresden wohnen, fanden: Ganz klar! Ein Käppler! Genau wie Judith! Höchstens der Mund, die Oberlippe könnte von der Ahrenslinie sein. Man muss abwarten!

Wir sagten das natürlich nur im Scherz, denn wir schätzen uns gegenseitig sehr.

Aus Freude über dieses große Ereignis wollen wir abends essen gehen. Weil es noch über 30 Grad warm ist, verabreden wir uns für das Restaurant im „Großen Garten". Ein Tisch direkt am Wasser ist noch frei. Wir bestellen Getränke. Aber schon bald fordert man uns auf, lieber ins Haus zu gehen, ein Unwetter sei im Kommen. Drinnen feiern allerdings schon zwei Hochzeitsgesellschaften, alle Plätze sind besetzt. Uns bleiben nur Barhocker mit kleinen hohen Tischen. Kein Problem! Freude macht flexibel.

Wir genießen das Essen und teilen den tiefer sitzenden Gästen – ganz ungefragt – den Grund unserer Fröhlichkeit mit. Glückwünsche von allen Seiten. Was sind schon zwei Hochzeiten, verglichen mit Prinz Frederick?

Auch der Himmel mischt sich ein: Aus den schweren Regentropfen werden Hagelkörner ... groß wie Eurostücke. Felicitas läuft vor die Tür und hat schnell beide Hände voll Hagel, den sie verteilt. Unsere Begeisterung hält sich in Grenzen. Wir denken an unsere in der Nähe geparkten Autos! Im Fernsehen werden Dresden und Annaberg als Zentren des Unwetters gezeigt. Aber die Bäume haben das Schlimmste verhindert.

Am nächsten Morgen noch ein Abschiedsbesuch bei Frederick. Wie zufrieden er aussieht! Solch ein Kind – gerade einen Tag alt – ist noch wie von Engeln getragen. Es schwebt und träumt ... und bald wird es lächeln!

Felicitas, stürmisch-begeistert, darf das Fläschchen mit Fencheltee geben. Schließlich hat sie diese Mutterrolle seit Wochen geübt. Allerdings nicht mit Tee. Viel besser! Ihr Teddy wurde – T-Shirt hoch! – an der Brust gestillt. So macht man das!

Die Eltern beziehen sie in die Babypflege ganz mit ein. Aber für sie war es trotzdem schwer, den Platz als einziges Kind zu verlieren. Da können einem schon mal die Nerven durchgehen! Eine Mama kann man nicht teilen. Man braucht sie ganz!

Wessen Lieder wirst du singen?

Fredericks Taufe in Dresden. Alle sind gekommen: die Familie und Paten natürlich, aber auch Nachbarn und viele Freunde. Johannes hat als Pastor die Regie. Er tauft seinen kleinen Neffen auf das schöne Wort aus dem 1. Petrusbrief:

„Dient einander, ein jeder mit der Gabe, die er empfangen hat als die guten Haushalter der mancherlei Gnade Gottes."

Alle sind an der Tauffeier beteiligt: Die kleinen Kinder beim Singen und Klatschen, sie stampfen mit den Füßen bei dem Lied: „Einfach spitze, dass du da bist ..." Die Erwachsenen lesen Texte und sprechen Gebete. Anschließend bekommt jedes Kind ein Wasserkreuz auf die Stirn – als Tauferinnerung –, worüber sich alle freuen.

Dann werden gelbe Zettel verteilt, um gute Wünsche für Frederick aufzuschreiben. Man wünscht ihm: viel Spielzeug ... viele Freunde ... Gesundheit und Fröhlichkeit ... dass er sich geliebt und verstanden fühlen möge ... Fantasie und die Möglichkeit, seine Gaben zu entfalten und etwas weiterzugeben von dem, was der Himmel ihm schenkt. Die Zettel werden an den geschmückten Taufstein geheftet. In der Fürbitte geht es auch darum, dass Schwester und Bruder sich gut verstehen mögen.

Es ist ein schöner sonniger Nachmittag. Wir singen: „Kind, du bist uns anvertraut. Wozu werden wir dich bringen? Wenn du deine Wege gehst, wessen Lieder wirst du singen? Welche Worte wirst du sagen und an welches Ziel dich wagen?"

Dabei werde ich immer ganz wehmütig. Ich bin froh, dass es am Schluss des Liedes heißt:

„(Wir) taufen dich in Jesu Namen. Er ist unsre Hoffnung. Amen."

Pfützen und Liebe

Maya und Eva haben im Kindergarten neue Lieder gelernt. Die Refrains singen sie besonders gern.

Ihre Eltern gehen mit ihnen in Königstein durch die Fußgängerzone. Es hat gerade geregnet. Eva hüpft mit ausladenden Bewegungen durch die Pfützen, was sie sehr glücklich macht, und singt dabei laut und deutlich: „Gottes Liebe ist wunderbar! Gott ist immer und überall da!" Und das wiederholt sie viele Male.

Die Leute gucken erstaunt, fragend, amüsiert, auch irritiert. Sie sehen die Eltern an: Haben die ihr Kind dazu angestiftet? Aber die Eltern sind genauso überrascht von Evas unbekümmertem Singen und Springen.

Als ihre Oma davon am Telefon erfährt, denkt sie: Es ist so, wie das alte Wort es sagt: „Aus dem Munde der Kinder hast du dir Lob bereitet" (Matthäus 21,16).

Angst

Maya wacht nachts auf. Sie hat Angst und läuft zu den Eltern ins Schlafzimmer.

Susanne: „Wovor hast du denn Angst?"

Maya: „… dass Einbrecher und Diebe kommen!"

Susanne: „Maya, du brauchst keine Angst zu haben. Wir sind doch hier!"

Maya: „Aber wenn sie trotzdem kommen???"

Susanne: „Der liebe Gott ist doch auch da und beschützt uns. Wollen wir ihn bitten, dass er uns behütet?"

Maya: „Ja!!! ... Jetzt kann ich wieder einschlafen! Gute Nacht!"

Sie schläft nach wenigen Minuten.

Indianer

Eva: „Mama? Wo leben eigentlich die Indianer? Gibt es die noch? Sind die gefährlich?"

Susanne: „Nein! Die sind nicht gefährlich."

Eva: „Hast du schon mal ein' Indianer gesehen?"

Susanne – wahrheitsgemäß: „Ja!"

Eva: „Und was hat der gerade gemacht?"

Susanne: „Kaffee gekocht!"

(Sie wollte damit sagen: Indianer leben heute so wie andere Menschen auch.)

Eva: „Haben die Indianer auch einen Fernseher?"

Susanne: „Heute ja, früher nicht."

Eva fassungslos: „Früher nicht?"

Susanne: „O nein!"

Eva: „Und womit haben die dann Fernsehen geguckt?"

(Ein Leben ohne Fernsehen ist für Fünfjährige nicht denkbar.)

Wandelröschen, Fruchtstände

Wo wohnt Gott?

Kindergottesdienst. Ein ganzer Samstag mit dem Thema: „Gott behütet mich!"

Die Kinder sollen irgendeine Kopfbedeckung mitbringen: einen Hut, eine Mütze, ein Kopftuch …

Eva entscheidet sich für ihre rote Zipfelmütze. Maya bindet sich ihr Indianer-Stirnband um den Kopf, schließlich hat sie es aus Perlen selbst aufgezogen.

Die Zwillinge (5) kommen ganz begeistert zurück. Es sei „schön" gewesen. Sie haben Geschichten gehört, gespielt, gesungen, gegessen … Aber etwas scheint für Eva nicht ganz geklärt zu sein. Kaum ist sie zu Hause, fragt sie ihre Mutter: „Mama, wo wohnt Gott?"

Sie antwortet: „Der liebe Gott ist überall. Bei dir, bei uns und bei allen Menschen."

Die Schüler eines Rabbi gaben auf die Frage ihres Meisters, wo Gott zu finden sei, eine ähnliche Antwort. Sie sagten: „Überall!"

„Nein!", antwortete der Rabbi. „Gott ist da, wo man ihn einlässt."

Wie schreibt man „Liebe"?

Maya und Eva (5) sind mit ihren Eltern über Ostern in den Spreewald gefahren. Sie sitzen in einem Gartenlokal und warten auf die bestellten Getränke. Ihr Vater schreibt eine Ansichtskarte an Freunde. Eva will auch an jemanden schreiben. Sie greift sich einen Bierdeckel und malt auf der Rückseite ihr Lieblingsmotiv: Haus mit Sonne.

Oben in die Ecke schreibt sie: OMA. Eigentlich heißt es ja: „Liebe Oma …", aber wie schreibt man „Liebe"? Das weiß sie nicht. Sie fragt ihre Mutter.

„So", sagt Susanne und schreibt ihr das Wort in großen Buchstaben vor. Wie Liebe aussieht, muss einem wohl gezeigt und Stück für Stück vorgeschrieben und vorgelebt werden, sonst weiß man es nicht.

Eva möchte außerdem noch sagen: „Im Urlaub hat es Spaß gemacht."

Susanne schreibt den Satz, und Eva malt das alles Wort für Wort ab, wobei sie es unnötig findet, die Zwischenräume einzuhalten. Auch das „S" ist noch spiegelverkehrt, was beim Lesen leicht irritiert. Oma freut sich trotzdem über Evas ersten Brief, auch wenn sie überlegen muss, was „IMUR" und „HATE GEMA" wohl bedeuten könnte. Ein Telefonanruf klärt alles.

Wie schön, dass Eva an der Spree Spaß hatte! Maya hatte noch mehr Spaß: Sie fand kleine, weggeworfene Underbergflaschen, füllte sie mit Spreewasser und trank sie leer – ohne weitere Folgen.

Der Bierdeckel aber reiste in einem Briefumschlag nach Hamburg und steht jetzt auf meinem Schreibtisch. Wie gut, denn nun weiß auch ich, wie Liebe aussieht und dass sie manchmal – wie ein Kreuzworträtsel – schwer zu entziffern ist.

Ungeduld und Humor

Ein Sommer ohne Schmerzen?

Die Zeitungsannonce versprach: „Ohne Fußschmerzen in den Sommer! Dr. M. berät Sie. Machen Sie einen Termin!" Ich machte einen Termin, denn mein rechter Fuß plagte mich schon lange.

Dr. M. riet mir auf Grund der MRT-Aufnahme zu einer sofortigen Operation, sonst reiße die Sehne am Schienbein ganz. Ich stimmte zu.

Zu Hause kamen mir Bedenken. Ich fragte meine Orthopädin, die mich bisher behandelt hatte, aber sie war gegen eine Fußoperation, weil sie selbst damit schlechte Erfahrungen gemacht hatte. „Und wenn es sein muss, dann nur in einer Klinik, wo täglich Füße operiert werden. Ich persönlich würde nur zu Dr. T. gehen."

Dr. T. zögerte nicht: Es müsse sofort operiert werden, meinte er, ich hätte keine andere Wahl. Die fast ganz zerrissene Sehne müsse durch eine andere aus meinem Bein ersetzt und am Fußknochen festgeschraubt werden. Drei Monate werde es dauern, bis ich das Bein wieder belasten dürfe. Also: Rollstuhl und Krücken! Trotz dieser Aussichten war ich erleichtert. Endlich wusste ich, woher die Schmerzen kamen und was zu tun war.

Wenige Tage später die sehr selten vorkommende Operation. Alles lief gut. Die vier Meter zum Bad waren nur mit Gehwagen zu bewältigen. Kreislaufprobleme. Zähneputzen auf einem Bein – gar nicht so einfach! Der graue

Plastikstiefel – meine „Gehhilfe" – machte mich ziemlich unbeholfen. Den Umgang mit Krücken musste ich üben.

Am besten ging es mir im Bett, besonders wenn Besuch kam oder Freunde anriefen. Judith erzählte mir von einer Fernsehserie, die in England lief, über den Umgang mit Behinderten. „Da sitzt einer mit gebrochenem Bein im Rollstuhl", so erinnerte sie sich, „ein Angehöriger steht daneben. Der Butler bietet Tee an. Er fragt den *Angehörigen*: ‚Does he take sugar?', denn Behinderte gelten als etwas bekloppt."

Schöne Aussichten!

Mein Operateur war mit der Wundheilung zufrieden. Ich sei nun zwar für eine Weile hilflos, aber dabei lerne man auch neue Dinge.

Stimmt! Ich hatte in den letzten drei Tagen sicher hundertmal: „Danke! Vielen Dank!" gesagt. Mit Tabletten, Spritzen, Rollstuhl und Krücken wurde ich entlassen.

Rollstuhltage

Meine Familie hatte das Wohnzimmer umgebaut: statt Sofa jetzt das Gästebett, denn die geschwungene Treppe in den ersten Stock schaffte ich noch nicht. Micha war aus Dresden angereist und hatte zusammen mit seinem Vater zwei Rampen gebaut, weil unsere Veranda tiefer liegt als das Wohnzimmer und der Garten noch eine Stufe tiefer.

Nach ein paar Wochen konnte ich mich mit Krücken bewegen, es ging ganz gut. Bloß: Wie holt man sich damit ein Glas Wasser oder eine Tasse Kaffee aus der Küche? Für die übrigen Utensilien hatte ich mir einen Beutel um den Hals gehängt – kängurumäßig, sozusagen. Aber bald ergab sich eine bessere Methode, um Dinge von einem Ort (Sessel) zum anderen (Bett) zu „transportieren". Ich warf sie zwei, drei Meter quer durch den Raum – zwischen dem Couchtisch und der darüber hängenden Lampe hindurch. Meine Treffsicherheit wurde immer größer und Lucies Angst vor fliegenden Büchern und Zeitungen immer kleiner. Sie rollte nur noch die Augen nach oben, anstatt – wie anfangs – fluchtartig das Feld zu räumen. Zu den Flugobjekten gehörten außerdem Stifte, Papier, Bonbons, Fernbedienung, Nivea, Telefon und Kissen. Unglaublich, was ein Mensch alles braucht!

Was meinen Sitz-Marathon erträglicher machte, waren die Besuche unserer Kinder, Nachbarn und Freunde. Ich war umgeben von herrlichen Blumen: Nelken, Levkojen, Rosen, Lilien, Maiglöckchen und Rhabarberkuchen. Draußen an der Pergola blühte die wilde Clematis, sie rankte und wuchs, gestützt von Drähten und Pfeilern, zu einer rosa Wolke. Wie gut, dass ich zu Hause sein konnte! So war es möglich, den Tag selbst einzuteilen: Schlafen, Wachsein, Essen, Fernsehen, Lesen, Schreiben, Dösen … Auf meinem kleinen Tisch lagen Macadamianüsse und Lindt-Schokolade. Beides hätte ich mir selbst nicht gekauft, aber es war wirksamer als Schmerztabletten!

Nach dem ersten Kontrolltermin beim Arzt mit dem schönen Kommentar: „Es könnte nicht besser heilen!" fuhren wir in ein kleines Fischrestaurant. Man hielt mir die Tür auf. Ich bedankte mich, aber durfte ich zum Beispiel lachen? Wie sollte ich mich im Rollstuhl verhalten? Ernst und still? Nur auf meinen Teller gucken? Sollte ich denen, die mich fragend ansahen, mitteilen, dass ich nur für ein paar Wochen im Rollstuhl sitzen würde? Ich musste meine neue Rolle erst einüben.

Nach drei Wochen ein weiterer Kliniktermin. Der Arzt meinte: „Die ersten Wochen behandeln wir das Bein, dann die Psyche!" Zu Recht! Denn die Tage und Nächte wurden lang. Welch ein Hoffen und Warten und Sitzen und Liegen!

Inzwischen war es Pfingsten. Im Fernsehgottesdienst das Evangelium: Matthäus 8 und die Bitte des Hauptmanns von Kapernaum: „Sprich nur ein Wort, so wird mein Knecht gesund!" Ich hörte diese Sätze und sprach sie für mich mit. Inständig bittend, anders als sonst: „Sprich nur ein Wort ..."

Ich wusste jetzt, warum man sagte, etwas sei wie ein „Klotz am Bein". Oder: „Es geht! Es läuft gut!" Ich kann ermessen, wie wichtig es ist, „Fuß zu fassen" und „auf eigenen Füßen zu stehen" oder jedenfalls „einen Schritt nach vorn" zu machen, um schließlich mit beiden Beinen im Leben zu stehen.

Susanne rief an. Sie erzählte von Maya und Eva (4). Beide saßen in der Badewanne. Eva zu Maya: „Mach mal 'ne Brücke! Gut! Du bist die Brücke. Ich bin der Mensch. Das ist Demokratie!" Dann schwamm sie unter Maya durch. Wo hat sie das nur gehört?

Etwas später hat Eva ein Bild gemalt. Ihre Mutter fragt: Was ist denn das? All dies Grün und Rot?

Eva: „Das Bild heißt: Abendsonne mit Wiese für Engel!"

Eva hat also auch eine poetische Ader. Wie sollte mich das nicht freuen!

Sechs Wochen nach der OP. Meine Nachbarin sah mich im Garten „gehen" und konnte es kaum glauben. Ich hatte – als es keiner sah – den kleinen Zwergbirnbaum, der von einem orangefarbenen Pilz befallen war, aus der Erde gehebelt und entsorgt. Wie gut, wenn man nicht für jeden Handgriff um Hilfe bitten muss!

Die Stumpfheit der Seele

In der Frankfurter Allgemeinen Zeitung las ich von der 7. Todsünde, der Acedia. Gemeint ist damit nicht einfach die Trägheit des Körpers oder des Kopfes, sondern die Stumpfheit der Seele. Ein Mangel an Mitgefühl, an Mitleiden und Sich-Mitfreuen. Acedia heißt ja eigentlich: Übellaunigkeit (von lat. acer = scharf, säuerlich, gallig).

Alle Schönheit des Lebens, seine Lebendigkeit scheint verloren gegangen zu sein. Der Himmel ist düster und fern. Manchmal schafft es der Körper, Herz und Seele wieder aufzuwecken, wenn er sich nach Tagen der Krankheit wieder bewegen kann.

Vielleicht genügt ein Weg über die Felder, sodass die Füße den Boden spüren, die Lunge frische Luft atmet, die Nase den Duft der Sträucher und Bäume wahrnimmt und die Haut den Wind spürt. Alles um mich herum lebt, atmet, wächst und blüht. Ich sehe den Himmel und die Wolken über mir, fühle Sand und Steine oder Pflanzen, vielleicht das Fell meines Hundes. Und all das bezieht mich ein in ein überschäumendes Leben.

Für mich gab es heute nach all den Wochen des Liegens,

Sitzens, Ausruhens, Abwartens und Hoffens so etwas wie eine Rückkehr zur Normalität: Ich durfte zum ersten Mal wieder im Stehen duschen. Ich konnte eine Treppe hinuntergehen. Als ich ins Wohnzimmer kam – mein Mann hatte eine CD mit Liedern aufgelegt – wurde gerade der Vers gesungen:

> *„Dass unsre Sinnen wir noch brauchen können*
> *und Händ' und Füße, Zung und Lippen regen,*
> *das haben wir zu danken seinem Segen.*
> *Lobet den Herren."*

Singen, Mitsingen vertreibt die Acedia. Es öffnet das Herz zu Gott hin, sodass seine Kraft in das leere Herz einströmen kann. Und das Leben beginnt ganz neu.

Später am Tag schaltete ich den Fernseher an: Eine amerikanische Pianistin – Improvisationskünstlerin – bat im Anschluss an ihr Spiel das Publikum um Zurufe, zu welchen Themen sie improvisieren sollte. Die Zuhörer riefen: Fun! Melancholia! Joy! Dann spielte sie etwas Entsprechendes zur Begeisterung ihres Publikums.

Ich dachte: Wie wäre es, wenn ich nach meinen Vorträgen (die kurz sein müssten) anböte: Rufen Sie mir zu, worüber ich sprechen soll! Über Angst? Sorgen? Wut? Traurigkeit? Freude? Aber könnte ich das so aus dem Stegreif? Lässt sich, was in der Musik möglich ist, auch mit Worten vermitteln? Ich würde es gern einmal versuchen.

In Hamburg gibt es ja das Shakespeare-Theater, das auf Zurufe hin spielt. Das hat mich schon immer fasziniert.

Andreas Gryphius notiert – schwerkrank: „Ich werde von

mir selbst nicht mehr in mir gefunden." Recht hat er: Geht es dem Körper schlecht, leidet auch die Seele.

Die Ziege im Schlafzimmer

Gestern gab es eine kleine Krise: Ich konnte zwar mit Krücken gehen, aber das Auftreten tat sehr weh, weil eine Wunde unter dem Fuß noch nicht ausgeheilt war. Der Arzt tat eine dicke Lage Mull darauf – mit dem Erfolg, dass es noch stärker schmerzte als vorher, was ich natürlich erst auf dem Rückweg merkte. Zu Hause entfernte ich diese Extra-Schicht: welche Erleichterung! Da fiel mir die Geschichte von der Ziege im Schlafzimmer ein.

Ein Mann kam zum Rabbi und klagte über die Enge und den üblen Geruch in seinem Schlafzimmer. Der Rabbi riet ihm, eine Ziege neben sein Bett zu stellen. Nach einer Woche sollte er das Tier wieder entfernen. Kopfschüttelnd ging der Mann weg und befolgte den Rat. Am Ende waren die beiden hocherfreut über so viel Platz und die gute Luft in ihrer Wohnung.

Was ich an meinem Arzt neben seinem chirurgischen Talent besonders schätze, ist sein Humor. Er zeigte mir die neu eingezogene Sehne im Röntgenbild. Ich wunderte mich, wie schnurgerade sie verlief. Da meinte er: „Ja, ein schönes Bild! Das zeigen wir allen Patienten. Wir ändern nur den Namen darunter!"

Wenn es noch etwas zu lachen gibt, kann das Leiden so schlimm ja nicht sein. Damit er weiß, wie sehr Heiterkeit seinen Patienten hilft, habe ich ein Sehnengedicht geschrieben und es ihm geschickt. Er bedankte sich und meinte, bei so viel „lebensbejahender Grundstimmung" könne eigentlich gar nichts schiefgehen.

Und ob! Ich schreibe ja nicht jeden Tag Gedichte!

Wenn Sehnen sich dehnen

Wenn die Sehnen
sich dehnen
und das Ganze zerreißt,
was da „tibia anterior" heißt,
ist's gut, zu operieren,
ohne Zeit zu verlieren.
(„Es ist eine Qual,
aber Sie haben keine Wahl!")
Nun also: Sehnen-Umbau
oder ganz genau:
eine Sehne wird aus dem Bein gezogen,
eine, die man ungelogen
gar nicht braucht,
weil sich da sowieso alles staucht.
Sie wird mit Nadel und Faden
in den Teil der Waden
eingesetzt,
wo die alte zerfetzt
nur noch als Schatten vorhanden war:
„Ich hab es getragen 70 Jahr,
ich kann es nicht tragen mehr …

ein guter Ersatz muss her!"
Die Sehne sehnt sich, das ist klar,
die OP lief wunderbar,
und jetzt heißt's warten
in Haus und Garten,
Stricken und Lesen,
als sei nichts gewesen.
Die Sehne muss heilen,
Zeit zu verweilen –
Sie muss anwachsen am Knochen,
ich kann also nicht kochen,
weder putzen noch gehen,
das wird man verstehen.
Mein Mann wäscht mir Haar und Füße
und kriegt dafür 10000 Küsse.
Nach 12 Wochen
ist dann alles wie aus dem Ei gekrochen,
neu und frisch,
das hoffe isch!
Aber – leider – es tut noch weh
bis in den großen Zeh.
Also sprach ich zur Sehne:
„Hörst du, wie ich stöhne?"
Ihre Antwort: „Lass mir Zeit!
Es ist noch nicht soweit!
Lauf barfuß über Sand und Gras
oder tu sonst irgendwas!"
Also geh ich zum Operateur
und zeig den Fuß mal wieder her.
„Herr Doktor, er ist rot und heiß!"

„Ich weiß!
Das ist total normal,
aber auf jeden Fall
fragen wir den Ultraschall!
Also: Die Sehne ist noch da!
Hurra!"
Der Doktor lacht und freut sich sehr,
was will man mehr?
„Dazu eine Tube Zaubersalbe,
schon die halbe
würde genügen
zur Umrundung von Rügen!
Nein, das wäre übertrieben,
so was hätt ich nie verschrieben.
Aber – im Garten – halten Sie das Unkraut nieder,
in vier Wochen sehn wir uns wieder!"
„Danke für die Ermutigung!
Mein Fuß hat wieder viel mehr Schwung!"

Sonnenblume

Ungeduld und Humor

Ein Sprichwort aus dem Oman lautet: „Humor und Geduld sind die Kamele, die uns durch jede Wüste tragen."

Humor schenkt der Himmel mir – meistens! –, aber ich brauche mehr geduldige Kamele! Wieso habe ich immer noch das Bedürfnis, mich auszuruhen? Die Operation ist doch schon über zwei Monate her! Wann wird mein Fuß endlich wieder funktionieren – so wie früher?

Was mich rührt, ist, wie sehr Maya und Eva (4) an meiner Immobilität Anteil nehmen. Als das Bett im Wohnzimmer abgebaut wurde, weil ich die Treppe in den ersten Stock wieder schaffte, sagten die Zwillinge zu ihrem Vater: „Oma schläft jetzt wieder oben! Sie hat keine Krücken mehr!"

Und Felicitas (2) meinte, als ihre Eltern abends mit ihr beteten: „Arme Oma!" Der liebe Gott, der alles hört, hörte auch das und versprach: Ich will ihr helfen!

Heute bin ich den Tag über allein. Ich habe mir im Garten einen großen Strauß geschnitten aus rosa Phlox, tiefblauem Eisenhut und weißen Kosmeen. Abends gibt es ein Glas Grappa und Pistazien dazu. Ab und zu darf man auch mal nett zu sich selbst sein!

In den Losungen habe ich an diesem Tag gelesen: „Der Herr ist meine Kraft." Wie sehr das stimmt! Und: „Ich bin guten Muts in Schwachheit." Auch das ist so, weil Gott mir Zuversicht für jeden Tag gibt.

Nach zweieinhalb Monaten kommt nun die erste längere Autofahrt (als Beifahrerin!) zum 4. Geburtstag der Zwillinge in den Taunus!

Ich sage zu Eva: „Deine Mama war auch mal so klein wie du, als sie vier Jahre alt war." Da legt sie ihre Stirn in Falten: „Kann ich mich gar nicht dran erinnern!"

Ich habe Gedichte von Robert Gernhardt geschenkt bekommen. Mir gefällt sein Humor – und speziell folgendes Gedicht:

> *Noch einmal: mein Körper*
>
> *Mein Körper rät mir:*
> *Ruh dich aus!*
> *Ich sage: Mach' ich,*
> *altes Haus!*
>
> *Denk' aber: Ach, der*
> *sieht's ja nicht!*
> *Und schreibe heimlich*
> *dies Gedicht.*
>
> *Da sagt mein Körper:*
> *Na, na, na!*
> *Mein guter Freund,*
> *was tun wir da?*
>
> *Ach gar nichts! sag' ich*
> *aufgeschreckt,*
> *und denk': Wie hat er*
> *das entdeckt?*

*Die Frage scheint recht
schlicht zu sein,
doch ihre Schlichtheit
ist nur Schein.
Sie lässt mir seither
keine Ruh:
Wie weiß mein Körper,
was ich tu?*

Weißt du noch?

Fünfzigjähriges Abi-Treffen. Von weit her sind sie gekommen. Wir treffen uns im Hotel „Nordpol" direkt am Hafen meiner alten Heimatstadt. Ein erster gemeinsamer Abend: Fragen, Reden, Lachen.

„Weißt du noch?"

Wie wenig sich die meisten verändert haben. Heike ging schon immer kerzengerade und machte eine ganz bestimmte Kopfbewegung. Jürgen trinkt auch jetzt zu viel Bier, und Hans hat noch immer sein offenes Lachen.

Am nächsten Morgen: Ich öffne das Fenster meines Quartiers. Diesen Geruch kenne ich: eine Mischung aus Dieselöl, Hafenwasser und Fischen. Die Kutter sind von ihrer nächtlichen Fahrt zurück und bieten ihren Fang zum Kauf an: Dorsch, Makrelen, Schollen. Für Heringe und Goldbutt ist der Juni nicht die richtige Zeit.

Die ersten Wolken ziehen von der Ostsee herüber. Graugänse, heiseres Geschrei. Sturmmöwen kreisen über dem Hafenbecken, wo die zu kleinen Fische aussortiert und wieder ins Wasser geworfen werden.

Ab sieben Uhr ist das Restaurant geöffnet. Ich freue mich auf einen heißen Kaffee, etwas Müsli dazu, das genügt. Außer mir nur zwei Touristen. Ich denke daran, wie seltsam es mich berührt hat, als ich gestern gleich nach dem Ortsschild „Heiligenhafen" an unserem alten Haus vorbeifuhr, früher ein Spielwarengeschäft. Die drei Schaufenster sind noch da, aber jetzt bedient hier ein Friseur seine Kunden.

Links der Teich mit dem Park. Aus dem wilden Wald meiner Kindheit ist längst eine Parkanlage geworden – mit Wegen, Beeten und Bänken, kurgastgerecht. Damals hatte er unheimliche Stellen, aber ich kannte fast jeden Baum und wusste, wann es Zeit war, Bucheckern und Eicheln zu sammeln, und wo im Frühjahr das Scharbockskraut zuerst blühte.

Den kleinen Bach, der in den Teich fließt, gibt es immer noch. Wie oft kamen wir mit durchweichten Schuhen und nassen Füßen nach Hause, weil wir wieder Dämme gebaut hatten aus Steinen, Stöcken und Matsch.

Auch die Kastanienbäume vor unserm Haus stehen noch da. Wenn es Herbst wurde, warfen wir Knüppel zwischen die Äste, damit die halbaufgeplatzten, stacheligen Kugeln auf die Straße fielen und die Kastanien herausrollten. Wir haben Tiere mit Streichholzbeinen daraus gebastelt oder auch kleine Pfeifen.

Die Straße, die von unserem Haus zum Binnensee führt – wie kurz ist sie geworden! Jetzt – mit dem Auto – bin ich in wenigen Minuten am Hafen.

Und nun sitze ich hier mit einem zweiten Kaffee inzwischen – und Honigbrötchen. Ich hätte auch Lachs, Aufschnitt oder Käse nehmen können, aber das wäre mir morgens zu viel gewesen.

Ich stelle mir vor, meine Großeltern hätten mich hier sitzen sehen! Sie tranken Malzkaffee und tauchten die Brotrinden darin ein. Mein Großvater (August Haase), Sattler und Tapezierer, verdiente sein Geld zunächst damit, auf dem Land Eier aufzukaufen und diese, wenn er sie auf seinem schwarzen Fahrrad sicher in den Ort gebracht hatte, für ein paar Pfennige mehr zu verkaufen. Darum nannte man ihn „Eier-Haase".

Neben dem Laden betrieb er noch eine Puppenklinik (in seinem winzigen Büro), und da ich ihm bei dieser Arbeit half, konnte auch ich bald mühelos Puppenarme und -beine befestigen, Perücken aufkleben und Schlafaugen einsetzen.

Der Großvater machte Sandalen für uns Kinder, Schulranzen, für mich einen Puppenwagen, überzogen mit grünem Plastik. Die Fenster hatten Scheibengardinen. Leider bin ich mit diesem sehr bewunderten Modell nur ein einziges Mal durch den Park gefahren. Die Schlafaugenpuppe schlief – es war todlangweilig! Die Familie zweifelte, ob ich je eine gute Mutter würde.

Irgendwann stehe ich auf und gehe um den Hafen herum. Die Bänke sind noch nass vom Regen, aber die Junisonne wärmt schon. Schwalben jagen im Tiefflug an mir vorbei, um diese Tageszeit gehört ihnen noch das Gelände.

Später am Vormittag treffen wir uns zu einem Gang über den Graswarder unter Führung des zuständigen Vogelwarts. Allein darf niemand das Schutzgebiet betreten. Die Möwen brüten gerade. Ich gehe gern über den federnden

Torfboden. Früher sind wir hier barfuß gelaufen. Zu festgesetzten Zeiten durfte man Möweneier sammeln.

Aber heute sind wir mehr auf ehemalige Mitschüler und Freunde konzentriert. Wir fragen nach Beruf, Familie, Kindern, Enkeln, Gesundheit, Wohnort. Fragen ohne Ende und ganz freimütige Antworten. Warum nicht? Immer wieder gibt man sich das Versprechen, in Zukunft mehr Kontakt zu halten.

Wie schön ist es, Marianne einmal wieder zu treffen. Mit ihr verbindet mich die engste Freundschaft, schließlich haben wir zwei Semester gemeinsam in Zürich studiert und dann auch den gleichen Beruf gewählt. Obwohl wir uns viele Jahre nicht gesehen haben, sprechen wir so vertraut miteinander wie früher. Wir setzen uns mit einem Eis in einen der Strandkörbe und lassen die anderen vorausgehen.

„Weißt du", sagt Marianne, „für mich ist alles so kostbar geworden, so wenig selbstverständlich … die Menschen, jeder Einzelne, was sie so denken und sagen. Aber auch die Tiere und Blumen liebe ich sehr. Es liegt wohl daran, dass wir mit unseren siebzig Jahren sehen, wie begrenzt unser Leben ist. Es sind nicht mehr unendlich viele Tage, Wochen oder Monate. Noch können wir gehen und sehen und hören und singen – das ist Geschenk, Leben, das Gott uns noch schenkt …"

Am Ende des Tages haben wir uns versprochen, öfter mal zu telefonieren und uns am Wochenende gelegentlich zu sehen. Wir wohnen ja nur gut hundert Kilometer voneinander entfernt. Inzwischen ist ein halbes Jahr vergangen. Vielleicht sollte ich Marianne wirklich mal anrufen!

Mein 70. Geburtstag

Was für ein Tag war das gestern! Glückwünsche, Frühstück, Post kurz durchsehen, die ersten Anrufe. Geschenke auspacken: die schwarze Umhängetasche, ein neues Parfum, eine Hundeleine für Leo, Bücher, Kaffeebecher, Marzipan und Champagnertrüffel. All die schönen Blumen: Zinnien, Sonnenblumen, Dahlien. In einer Tüte hundert Märzbecher-Zwiebeln.

Anschließend dann – wie geplant – von neun bis halb elf mit Leo zur Hundeschule. Als wir erschöpft und verschwitzt zurückkamen, traute ich meinen Augen nicht. Über der Haustür hingen rote Luftballons und eine Girlande mit Glitzerbuchstaben: „Happy Birthday!" Das konnte nur Isabel arrangiert haben, die eigentlich erst nachmittags kommen wollte. Kaum hatten wir die Haustür aufgeschlossen, lief sie auf mich zu und umarmte mich.

Im Wohnzimmer stand ein langer Tapeziertisch mit gelber Papierdecke. Sektgläser, Salatplatten, Teller, Bestecke …

„Aber", sagte ich, „wir sind doch nur zu dritt! Und wir wollten doch heute gar nicht feiern, weil wir uns ja mit euch allen am nächsten Wochenende in Weißenhaus an der Ostsee treffen!"

„Vielleicht kommen ein paar Nachbarn zum Gratulieren!"

„Glaub ich nicht. Woher sollten die das wissen?"

„Trotzdem … Vielleicht ziehst du dich eben um …"

Ich tauschte die Hunde-Klamotten gegen etwas Zivileres. Das war auch gut, denn nun strömten sie: Freunde, Nachbarn, Verwandte, ehemalige Kollegen … ganz schnell waren es über zwanzig Personen. Sekt, Saft und Wasser wurde angeboten, ein Ständchen gesungen. Leo – im Kreis der Gäste auf dem Teppich liegend – sang mit. Er heulte mit erhobenem Haupt wie ein Wolf in alle Richtungen. Das war so komisch, meine Gäste konnten vor Lachen nicht weitersingen.

Gegen zwölf öffnete sich erneut die Tür: Ein italienisches Mittagessen wurde hereingetragen, immer noch eine weitere Platte – es war wie im Märchen. Und ich hatte keinen Handschlag dazu getan! Die Gäste verteilten sich auf Haus und Garten und genossen das herrliche Essen.

Zum Kaffee kamen dann noch weitere Gratulanten, andere hatten sich schon verabschiedet. Gegen sechs Uhr waren wir wieder zu zweit und haben mit den gewohnten Handgriffen ein wenig aufgeräumt.

Es war eine wunderbare Feier. Ich hatte nicht die geringste Ahnung. Und so sollte es ja auch sein.

Als wir zwei Tage später Platten und Warmhaltegefäße zum Italiener zurückbrachten, sagte der Besitzer und Spitzenkoch zu meinem Mann: „Nochmals vielen Dank! Und: Grüßen Sie Ihre Frau!" Für wen hielt er *mich* denn? Für die Mutter oder Schwester? Ich wollte darüber nicht weiter nachdenken. Mit siebzig war offenbar alles möglich. Ich konnte gespannt sein auf das nächste Kompliment!

Es ließ nicht lange auf sich warten: Die staatliche Klassenlotterie rief an. Man bot mir als ehemaliger Kundin, die nie etwas Nennenswertes gewonnen hatte, Sonderkonditionen an. Kontonummer und Geburtsdatum sollte ich nennen. Wenn am anderen Ende nicht ein so freundlicher, fast schüchterner Mensch gewesen wäre, hätte ich längst aufgelegt. Aber so nannte ich freimütig Tag, Monat und Jahr meiner Geburt.

„1938?", fragte er nach. „Ihre Stimme klingt so jung!"

Recht hatte er. Und sollte ich dafür nicht ein halbes Jahr (geringer Einsatz, Gewinne in Millionenhöhe) mitspielen? Man konnte auch an falscher Stelle zögern. Als ich aufgelegt hatte, war mir klar: Das mit der „jungen Stimme" sagte er jeder Frau (ab 40). Es war Teil eines eintrainierten Programms. Aber wie immer! Er hatte ja so recht!

Und es kam noch besser, was die Qualität der Komplimente betraf ... Ein paar Wochen später. Morgens 10 Uhr. Schwimmbad. Eine Frau sah mich an, trat einen Schritt zurück und meinte: „ Sind Sie aus Heiligenhafen?"

„Ja, das bin ich. Aber es ist über 50 Jahre her, dass ich dort gewohnt habe!"

„Da am Parkteich, nicht? Wie hieß das Geschäft noch?"

„August Haase, Spielwaren, Lederwaren, Schreibwaren."

„Ja genau! Der Eier-Haase, nicht? Da haben wir immer Zeitungen und Briefmarken geholt!"

„Aber ... Wieso haben Sie mich wiedererkannt ... nach so langer Zeit?"

„Sie haben sich überhaupt nicht verändert ... dieselben Augen! Und das Lachen!"

Ich hätte sie umarmen können, fragte aber stattdessen: „Und wie heißen Sie?"

„Becker. Ursula Becker. Wir wohnten in der weißen Siedlung. Dazendorfer Weg."

„Ach ... Da wohnte doch auch Gertrud Müller, eine Mitschülerin."

„Ja! Die Müllers waren unsre Nachbarn!"

„So viel Zufälle! Wir müssen uns unbedingt mal treffen! Wohnen Sie hier in der Nähe?"

„Ja, gleich um die Ecke."

„Ich auch. Dann telefonieren wir mal und verabreden uns für einen Kaffee. Also, bis dann. Ich heiße jetzt übrigens Ahrens. Hanna mit Vornamen."

Gibt es für eine Siebzigjährige noch schönere Komplimente?

Marokkanische Minze

Vier Tage in Oberems bei Susanne und ihrer Familie. Die Zwillinge feiern ihren 5. Geburtstag: lebhaft, laut, turbulent, einfach schön. Die gleichaltrigen Gäste laufen durch Haus und Garten; Leo, drei Monate alt, rennt mit. Als er alles erkundet hat, findet er einen Schattenplatz unter dem Forsythienstrauch. Er zeigt große Gelassenheit, dieser kleine Terrier, der erst seit einer Woche bei uns ist. Beim Sackhüpfen macht er wieder mit.

Eva, die seine Temperamentsausbrüche eigentlich fürchtet, malt am nächsten Tag ein wunderschönes Bild von ihm: mit einem rosa Filzstift zeichnet sie zunächst die Umrisse des Welpen. Dann die braunen Flecke im Fell, den Kopf mit schwarzen Augen und schwarzer Schnauze. Einen Luftballon, der an der Vorderpfote befestigt ist. Um ihn herum ein Haus. Damit hat Leo alles, was ein kleiner Hund – und ein kleiner Mensch – braucht: ein Haus, das ihn beschützt, und einen Luftballon zum Träumen und Fliegen.

Am Sonntagnachmittag beschließt die Familie, zu einer römischen Festungsanlage zu fahren. Ich darf zu Hause bleiben und Sonne, Haus und Garten genießen.

Susanne drückt mir ein Buch in die Hand. „Der Alchimist" von Paulo Coelho. Sie stellt eine Kanne mit heißem Tee und einen großen Becher neben meinen Liegestuhl. Was mein Glück vollkommen macht: In diesem Roman wird erzählt, wie in einem kleinen Laden in Tanger/Marokko frischer Pfefferminztee ausgeschenkt wird. Und nun sitze ich hier in der heißen Sonne und trinke marokkanischen Minztee mit Honig und Pinienkernen! Die Atmosphäre ist so stimmig – ich kann mein Glück kaum fassen. Manchmal gibt es sie, die perfekten Momente.

Einige Sätze meiner Lektüre habe ich mir notiert: Der Kristallhändler in Tanger, dessen Geschäft immer schlechter geht, sagt zu dem andalusischen Schafhirten, der nach einem Schatz am Fuß der Pyramide sucht: „Ich möchte mich nicht mehr verändern ... Ich habe mich schon zu sehr an mich selbst gewöhnt."

Das kann ich nachempfinden. Aber manchmal ist es gerade etwas neu Ausprobiertes, was mich so glücklich macht. Oder dieser Rat, der dem Schafhirten gegeben wird: „Gib nie deine Träume auf. Folge deinen Zeichen!"

Ich denke dabei an Susanne, die immer davon geträumt hatte, Goldschmiedin zu werden. Sie bekam keine Lehrstelle und wurde Hotelfachfrau, aber anschließend fand sie doch zu ihrem Traumberuf zurück und ist sehr glücklich in ihrer Arbeit. Vielleicht ist es wirklich so: „Wenn du etwas ganz fest willst, wird das ganze Universum darauf hinwirken, dass du es verwirklichen kannst."

Der Kristallhändler dagegen fragt: „Ist es nicht besser, niemals nach Mekka zu pilgern, aber immer davon zu träumen?"

Ich schenke mir einen zweiten Becher Tee ein. Die Sonne ist heiß, aber das passt ja zu meiner Lektüre. Im Arabischen – so berichtet Coelho – begegnet uns immer wieder das Wort „Maktub" („es steht geschrieben"). Unser Leben sei vorgeschrieben, sagt er, und das mache es manchmal unmöglich „den Lebensstrom aufzuhalten".

Ist es so? Ist uns unser Lebensweg von Gott vorgeschrieben? In Psalm 139 heißt es ja: „Alle Tage waren in dein (Gottes) Buch geschrieben, die noch werden sollten …" Aber erkennen wir Gottes Wege für uns oder gehen wir eigene Wege, Irrwege, Umwege, Holzwege?

Ich hatte während des Studiums viele Fantasien und Träume, was die Zukunft betraf. Aber dann riet mir ein sehr alter, fast blinder Professor: „Du musst deine vielen Wildwasserbäche in einen Kanal leiten, sonst wird nichts draus!" Ich habe später alles auf eine Karte gesetzt und nur noch Theologie studiert; Germanistik und Philosophie abgeschlossen und beiseite gelegt. Es war ein guter Rat!

Am Ende des Buches spricht Coelho davon, dass es in der Welt eine Sprache gibt, die jeder versteht: „die Sprache der Begeisterung, des Einsatzes mit Liebe und Hingabe für die Dinge, an die man glaubt oder die man sich wünscht."

Es erinnerte mich an das Wort Jesu, mit ganzem Herzen, ganzer Seele und allen Kräften zu lieben – Gott und den Nächsten wie sich selbst.

Größer als unser Herz

Das Lächeln Gottes

Jetzt hatte es mich erwischt – das Märchenfieber. Wie hypnotisiert, blind und taub für alles andere, saß ich an meinem großen Tisch und fabrizierte Märchenfiguren – aus Holzkugeln, Draht, Filz und Fell – eine nach der anderen. Dazu auch Ziegen, Esel, Bären, Adler, Enten … Sieben Märchenspiele sind es geworden mit Landschaften, Schlössern, Hütten und Bäumen.

Angefangen hatte es mit Hänsel und Gretel – in einfachster Form: das Hexenhaus mit Smarties, ein Ofen mit richtigem Feuer (eine Schachtel Streichhölzer in ofenfester Form! Wasser daneben!) und drei Figuren aus Play-doh. Das ganze auf einem Tablett mit Moos. Und dies nur, weil Maya und Eva zu Besuch kamen und es regnete. Da haben wir gespielt. Das Feuer war das Abenteuer! Darüber hätten sie fast die Smarties vergessen. Die Hexe ins Feuer zu schubsen – das war's! Aber Play-doh ist nur begrenzt hitzebeständig. Nach dem zehnten Mal mussten wir aufhören!

„Schade! Noch mal!"

Die Begeisterung der Kinder hat sich auf mich übertragen. Jetzt musste ich weitermachen.

„Dornröschen" wurde als Nächstes gewünscht. Dann: „Der Wolf und die sieben Geißlein". Die kleinen Zicklein, die ja in den Bauch des Wolfes passen mussten, waren das Schwierigste. Der Wolf mit seinem Riesenmaul und Fell (über einem Drahtgestell) gelang gut. Auch die Ziege mit ihren gelben Augen. Für sie musste ein weißer Stoffhund sein Leben lassen, ich brauchte das kurzhaarige Fell. Wie oft war ich in der Stadt unterwegs, um nach Miniaturen von Spinnrädern, Körben, Flöten und Früchten zu suchen!

Jedes Märchenspiel wurde mit Erzähltext, Lied und Vorschlägen für das Mitspielen der Kinder in feste, weinrote Ikea-Kartons verpackt und mit gelber Kordel zugebunden. So – umgeben von Ordnung und Schönheit, Phantasie und Spiel – kam mir die Idee, diese Märchenspiele auch anderen Kinder – vielleicht Kindergärten! – zugänglich zu machen. Ich schickte Fotos und Texte, teils auch ganze Kartons, an Verlage, die pädagogisch wertvolles Spielzeug herstellten. Meine wunderbare Idee reiste durch die Welt! Durch ganz Deutschland jedenfalls! Die Antworten waren freundlich – und klar: „Leider ... mit Dank zurück! ... Und weiterhin viel Erfolg!" Die Herstellung sei zu kompliziert, die Mengen das Problem, es würde leider zu teuer!

Ich brachte die sieben weinroten Kartons auf den Dachboden, um sie erst mal nicht mehr zu sehen. Aus den Augen aus dem Sinn? Nicht ganz. Ich war traurig. Keiner erkannte die brillante Idee hinter diesen Märchen, nämlich das Mitspielen, Mitsingen, Mitsprechen der Kinder. Die Angst um die selbstversteckten Zicklein, und die Freude, den bösen Wolf (mit Wackersteinen im Bauch) im Brunnen zu ertränken!

Schade! Mir selbst hatte das Herstellen der Märchen so viel Spaß gemacht – und den Kindern das Spielen! Wenn sie anriefen und ihren Besuch ankündigten, war die Frage immer: „Und spielen wir dann auch wieder Märchen?" Das war ihnen wichtiger als die Filme auf dem Kinderkanal. Ein schönes Kompliment! Trotzdem: Enttäuschte Hoffnung tut weh.

Was mir half, war ein kurzer Satz, den ich in einem Buch von Marie Noël las. Er stand in einem ganz anderen Zusammenhang, aber es ging auch dort um vergebliche Mühe, um „schlechte" Tage. Im Blick darauf schreibt sie: „Das Lächeln Gottes umspielt mein Werk."

Das heißt doch: Gott sieht meine Mühe und freut sich über meine Arbeit. Bei ihm ist alles aufgehoben: Erfolge, aber auch vergebliche Versuche, enttäuschte Begeisterung. Und die ganz gewöhnlichen Tage, an denen keiner danke sagt und nichts Erhebendes passiert. Auch sie sind von Gottes Lächeln umgeben.

Ein Strom der Gnade

In ihrem Buch „Erfahrungen mit Gott" spricht Marie Noël auch kurz über die lateinische Messe. Sie sagt: „Sicher, wir verstehen nicht alle Worte trotz unserer Messbücher, aber wir lassen sie über uns fließen wie einen Strom der Gnade."

Ein Strom der Gnade. Von Gott her: Fülle und Überfluss. Ein Strom, der uns in seiner Weite und Breite ganz zuverlässig trägt und vorantreibt. Wasser, das über uns strömt, reinigt und neue Lebenskraft schenkt.

Gnade – das alte Wort – sagt ja: Gott schenkt mir etwas, das ich selbst nicht machen oder erwerben könnte, aber wovon ich lebe. Er schenkt mir seine Zuwendung ganz unverdient, ganz umsonst. Auch an Tagen, wo ich mich selbst nicht leiden kann. Ich fühle mich aufgehoben, umhüllt und getragen vom Strömen der Gnade, wenn ich zum Beispiel Bachkantaten höre oder das Weihnachtsoratorium. Und jetzt, in der Passionszeit, die Matthäus-Passion mit der wunderbaren Sopran-Arie:

*„Ich will dir mein Herze schenken,
senke dich, mein Heil, hinein.
Ich will mich in dir versenken;
ist dir gleich die Welt zu klein,
ei, so sollst du mir allein
mehr als Welt und Himmel sein."*

Und mit den großen Chorälen, die aus unserm Leben nicht wegzudenken sind:

*„Befiehl du deine Wege
und was dein Herze kränkt
der allertreusten Pflege
des, der den Himmel lenkt (…)
der wird auch Wege finden,
da dein Fuß gehen kann."*

Vom Strom der Gnade spüren wir etwas in einem Gottesdienst, wenn Gott durch sein Wort mit uns redet und seinen Segen über uns kommen lässt. Vielleicht auch, wenn wir einen Psalm lesen und einstimmen können in das Lied des Dichters: „Herr, deine Gnade reicht, so weit der Himmel ist, und deine Treue, so weit die Wolken gehen!" (Psalm 108)

Gottes Gnade ist auch das Thema der Gleichnisse Jesu: Saat und Korn wachsen und gedeihen ohne unser Zutun. Gott lässt uns in einem Acker, mitten in Lehm und Sand, einen Schatz finden, einen kostbaren – und alles ist wie verändert. Oder:

Gott schenkt „vollen Lohn" auch dem, der ganz zuletzt kam und nur eine Stunde im Weinberg gearbeitet hat.

Es gibt Zeiten, in denen wir nichts von einem großen, lebensspendenden und tragenden Strom spüren. Wo es nur Hitze und Dürre gibt oder auch Kälte. Wer wüsste das nicht?

Was hilft? Vielleicht, dass wir Gott an seine Zusagen erinnern, obwohl wir kein Anrecht auf Gnade haben, und ihn fragen – wie es ein Psalmbeter getan hat: „Herr, wie lange willst du mich so ganz vergessen? Wie lange verbirgst du dein Antlitz vor mir?" Und er schließt mit dem Satz: „Ich aber traue darauf, dass du so gnädig bist. Mein Herz freut sich, dass du so gerne hilfst!" (Psalm 13)

Aus der Wüste um Wasser bitten. Schon Tautropfen können Leben retten. Vielleicht gibt es jemanden, der mit mir darauf wartet und darum bittet. Ströme können versiegen, Gottes Gnade nicht.

Oswald Chambers sagt: „Wenn wir Gottes Zusicherung im Rücken haben, erhalten wir eine erstaunliche Kraft und lernen singen auf unseren alltäglichen Wegen …"

Bibellesen

Nicht dass ich es
nur lese um es
zu lesen
Ich habe das unverschämte Glück
am Tropf dieser
Worte zu hängen
*E*VA *Z*ELLER

Ist Glück Glückssache?

Bei einem Frühstückstreffen soll ich über das Glück sprechen: Ist Glück machbar? Was kann ich tun zum Gelingen meines Lebens?

Das Wort „Glück" kommt in der Bibel ja kaum vor. Die wenigen Male ausgerechnet bei Hiob, der als alter, kranker Mann sagt: „Wie eine Wolke zog mein Glück vorbei." Und: „Mancher Mensch lebt und hat nie vom Glück gekostet."

Was wir „Glück" nennen, heißt im Alten Testament „Schalom". Es bedeutet: Segen, Wohlstand, Gesundheit, Reichtum, große Familien, große Herden, viel Land.

Im Neuen Testament gibt es für das, was wir als Glücklichsein bezeichnen noch eine Überhöhung: Menschen, die hören, was Gott sagt, und danach ihr Leben ausrichten, werden „glückselig" genannt.

Als Jesus seinen Jüngern die staubigen Füße wäscht, gibt er ihnen damit einen Hinweis, wo Glück zu finden ist: „Glückselig" seid ihr, wenn ihr euch nicht scheut, anderen Menschen auch niedrige Dienste zu erweisen – ohne Anerkennung und Lohn. Wenn ihr Leiden und Lasten mittragt.

Ein Rabbi wurde einmal gefragt: „Warum gibt es heute keine Menschen mehr, die Gott schauen?"

Seine Antwort: „Weil sich niemand so tief bücken mag."

Dort, so tief unten, soll das Glück liegen? Wir greifen doch lieber nach den Sternen! Aber vielleicht ist das Glück uns näher als wir denken, ganz nah. Rechts und links neben uns, wo Menschen leiden, hungern, frieren und einsam sind – sofern uns diese Kälte nicht kaltlässt. Glück ist nicht nur Glückssache. Und Glückseligkeit schon gar nicht.

Pfingsten

Pfingstferien in Griechenland, Peloponnes.

Der Sonntagmorgen ist grau und still, eine Luft wie Seide. Unser Quartier liegt oberhalb von Portoheli. Wir fahren zum Hafen hinunter und gehen an der Bucht entlang. Läden, Cafés und Fischrestaurants haben noch geschlossen. Ganz am Ende eine orthodoxe Kirche, weiß gekalkt. Weil für uns heute Pfingsten ist (die Griechen feiern erst später), suchen wir nach einem Gottesdienst.

Die Kirche ist leer. Am Eingang sandgefüllte Ständer, in denen noch einige Kerzen brennen. Es riecht nach Weihrauch. Wir kommen also zu spät. Ein Geistlicher erscheint, geht aber ohne Blick und Gruß an uns vorbei. Wir hätten ihn gern nach den Gottesdienstzeiten gefragt. Schade!

Beim Verlassen der Kirche nehmen wir einen Gemeindebrief mit. Ein Text aus Markus 16 ist darin abgedruckt, die Geschichte von den Frauen, die zum Grab Jesu kamen, um ihn zu salben. Ihre Sorge war: Wer wälzt uns den Stein beiseite, der das Grab verschließt? Aber der Stein war abgewälzt. Ein Engel stand da und sagte ihnen: „Er – Jesus – ist nicht hier bei den Toten! Er ist auferstanden, und er wird euch vorausgehen nach Galiläa. Dort werdet ihr ihn sehen!"

Als ich das lese, denke ich an meine Vortragsreisen, an die Bedenken und Befürchtungen, die ich oft in den Tagen davor habe. Aber wenn ich dann ankomme, sind meistens alle Schwierigkeiten aus dem Weg geräumt. Für den Auferstandenen gibt es keine Hindernisse, weder Mauern noch verschlossene Türen. Er selbst ist dort, wohin er Menschen sendet.

Es wird ein stilles Pfingstfest. Kein Gottesdienst, keine Lieder. Kein Stürmen und Brausen vom Himmel, keine Feuerzungen. Aber ein tiefes Glück und die Zuversicht, dass Jesus, der Auferstandene, uns vorangehen wird – an allen Tagen, die kommen.

Ein merkwürdiger Traum

In der letzten Nacht unserer Pfingstferien hatte ich einen merkwürdigen Traum. Ich träumte, dass mein alter Lehrer (vor 30 Jahren verstorben) auf mich zukam. Ich war guter Dinge und mit irgendeiner Arbeit beschäftigt. Er wirkte auch heiter. Als er dicht vor mir stand, machte er ein großes Kreuz als Segensgeste. Und dann ritzte er mir mit dem Daumennagel noch ein kleines Kreuz auf meine Stirn und sagte: „Damit du es spürst – ich segne dich!"

Als ich aufwachte, fühlte ich es noch auf der Stirn und strich mit der Hand darüber – wie um mich zu vergewissern.

Er sagte noch: „*Wir* können ja durch Raum und Zeit gehen."

Als ich ihn fragte: „Darf ich davon erzählen?", meinte er: „Das überlasse ich dir!" Und dann ging er. In mir war ein Gefühl großen Glücks.

Namen nennen

Nach dem Abendgottesdienst kommt eine etwa gleichaltrige Frau auf mich zu. „Wir kennen uns! Ich kenne Sie! Mein Name ist Barbara Zehner."

Ich nenne auch meinen Namen.

„Woher kennen wir uns? Von einer Tagung vielleicht?"

Wir sitzen anschließend noch bei einem Glas Wein mit Kollegen und Studierenden zusammen. Barbara und ich sprechen miteinander, entdecken viel Gemeinsames und haben das Gefühl, uns schon lange zu kennen, ohne jedoch herauszufinden, wo wir uns begegnet sein könnten. Sie wohnt seit Längerem bei ihrer Tochter in Münster, ist aber für ein paar Tage zu Besuch in Hamburg.

Wir reden über unsere Arbeit mit Frauen, über Dinge, die uns wichtig sind. Über schwierige und schöne Erfahrungen. Ich lade sie ein, mich zu besuchen. Übermorgen vielleicht?

Sie kommt und wir sind sofort im Gespräch miteinander. Die Zeit verfliegt nur so. Beim Abschied sagt sie: „Denk an mich! Ich denk an dich! Ich nenne abends vorm Einschlafen immer die Namen von Menschen, denen ich begegnet bin, besonders von solchen, die es gerade schwer haben. Sag mir, an wen ich denken soll!" Ich nenne ihr einen Namen. Sie tut das Gleiche. Dann verabschieden wir uns.

In zwei Monaten wird sie wieder nach Hamburg kommen. Ich freue mich schon.

Enge und Weite

Von Manny Tennenbaum, einem amerikanischen Dichter, wird gesagt: „Wenn er einen Raum betrat, richteten sich verblühte Rosen wieder auf und Frauen wollten mit ihm auf Weltreise gehen …" So stark war seine Ausstrahlung. Menschen spürten seine Zuwendung und waren begeistert.

Es gibt eine andere Geschichte, die auch von Faszination und Begeisterung spricht. Da hatten sich Menschen in einen engen Raum eingeschlossen. Sie fürchteten, wie ihr großer Lehrer verfolgt und getötet zu werden. Aber dann war plötzlich Jesus, der Auferstandene, in ihrer Mitte. Für ihn gab es keine Barrieren mehr. Er rief den Erschrockenen zu: „Nehmt hin den Heiligen Geist! Wie mich der Vater gesandt hat, so sende ich euch! Geht hin in alle Welt!"

Keine immer blühenden Rosen. Aber Weltreisen! Nicht auf Luxuslinern, sondern zu Fuß. Auch dorthin, wo keine Wege waren, sandte er sie.

Und sie gingen. In seinem Namen. Sie gehen auch heute noch und wissen: Wer sein Leben verliert, der findet es. Denn ihm, dem Auferstanden, gehören Himmel und Erde.

Angst und Enge sind da, immer wieder, aber auch die Erfahrung, dass sein Geist ins Offene und Weite führt, und seine Botschaft verzagte Menschen aufrichtet.

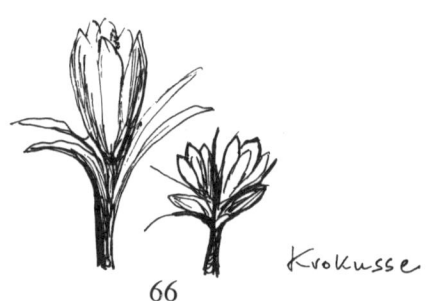

Krokusse

Die ausgestreckte Hand

Als Irenäus, der Bischof von Lyon (3. Jahrhundert) gefragt wurde, was es mit dem Heiligen Geist auf sich habe, soll er geantwortet haben: „Der Heilige Geist ist die über den Zaun gestreckte Hand Gottes."

Zäune trennen, aber wenn sie nicht zu hoch sind, können sich Nachbarn – wenn sie wollen – über dem Zaun die Hände reichen: „Tag Jürgen, wie geht's?" Vielleicht schafft man es dadurch sogar, einen kleinen Streit beizulegen.

Manchmal sind Zäune – die inneren oder äußeren – zu hoch und unsere Arme zu kurz. Bis in den Himmel reichen sie auf keinen Fall. Darum hat Gott seine Hand zu uns hin ausgestreckt.

Als ein heller Glanz vom Himmel auf die Felder von Bethlehem fiel und die Engel – ganze Heerscharen – Frieden verkündeten und Gottes Zuneigung zu uns, hat diese Botschaft die Welt verändert.

„Ein Wohlgefall'n Gott an uns hat, nun ist groß Fried' ohn Unterlass, all Fehd' hat nun ein Ende ..." So singen wir es sonntags im Gottesdienst. Gott hat uns die Hand zur Versöhnung hingestreckt und damit alles Trennende, alle Zäune aufgehoben.

Sein Geist weht wo er will. Wenn wir auch nur einen Hauch davon verspüren, beginnt das Herz zu singen. Und wenn wir nichts spüren und Gott so fern erscheint, können wir bitten: „O komm, du Geist der Wahrheit, und kehre bei uns ein ..." Eine große Bitte, aber keine unerhörte.

Gott antwortet manchmal viel menschlicher und alltäglicher, als wir es erwarten.

Ich befand mich im Schwimmbad. Der alte Herr Müller – seit einem Jahr Witwer – war auch wieder da. Er zog gerade seine Schuhe an, als die Frau neben ihm sagte: „Wenn das Leben jetzt so schwer für Sie ist, lesen Sie doch mal den 23. Psalm! Oder Psalm 91. Haben Sie eine Bibel zu Hause?"
Ich traute meinen Ohren nicht.
„Ja", sagte der alte Mann.
„Und … lesen Sie darin?"
„Ja."
War dies die einfachste Antwort? Aber: Wer weiß!
„Also, dann lesen Sie mal den 23. Psalm!", wiederholte seine Nachbarin. „Das tut Ihnen gut, ganz bestimmt!"
Sie hatte ja recht. Aber es berührte mich eigenartig. So direkt könnte ich nicht reden.

Ob Herr Müller ihren Rat befolgte? Vielleicht greift er tatsächlich zur Bibel. Wenn er die Nummern vergessen hat, schlägt er vielleicht einen anderen Psalm auf. Es könnte ja sein, dass sein Blick auf einen Satz fällt, der ihm einleuchtet und Mut macht. Die Frau wird sicher für ihn beten. Sie wird darum bitten, dass Gott ihn durch diese alten Worte tröstet. Das hoffe ich mit ihr.

Vielleicht kann er im Rückblick einmal sagen: „Ich hatte viel Kummer in meinem Herzen, aber deine Tröstungen, Herr, erquickten meine Seele." (Psalm 94)

Erdbeerbaum

Ein offenes Fenster

Das Wort aus den Herrnhuter Losungen für diesen Tag steht im Buch Daniel, im 6. Kapitel: „Daniel fiel dreimal am Tag auf die Knie, betete, lobte und dankte seinem Gott."

Dreimal am Tag! Wann bete ich eigentlich?

Beim Aufstehen. Dann bitte ich um Kraft für den Tag.

Vor dem Frühstück nach der Losung und den Bibeltexten bitten wir Gott um Geleit und Bewahrung. Wir schließen unsere Kinder und deren Familien darin ein.

Abends falle ich oft todmüde ins Bett und schlafe sofort ein. Aber wenn ich nachts wach liege, wenn Sorgen und Ängste viel größer sind als am Tag, dann sage ich Gott, was mich plagt, und bitte um Hilfe, Heilung, Trost und Frieden.

Ich bete bei der Arbeit am Schreibtisch – manchmal. Immer sind es Bitten, weil das Leben gar nicht so einfach ist. Das Loben und Danken kommt zu kurz.

Von Daniel heißt es, dass er „offene Fenster nach Jerusalem" hatte. Er war auf den Tempel hin ausgerichtet. Auf einen Ort, wo – wie man glaubte – Gott wohnte. Auf Gott hin ausgerichtet sein, auf ihn warten und hoffen, ihn bitten und loben – dreimal am Tag? Und das nicht als ein zu befolgendes Gesetz, sondern als Geschenk des Himmels! Es gibt nicht nur mich mit meinen Mängeln und Möglichkeiten, sondern Gott, dem nichts unmöglich ist. Welch ein Glück!

Nicht beten ist keine Sünde. Es ist eine Strafe.
ELIE WIESEL

Die besseren Pilger

„Der Kailash, Tibets heiligster Berg" – so hieß eine Fernsehsendung kürzlich. Ich überlegte: Gibt es eine Steigerung von „heilig", was ja so viel heißt wie „zu Gott gehörig"? Man glaubte, dass jeder Pilger, der diesen Berg, den Sitz der Götter, einmal umrundet hatte, alle Sünden los war. Wer es gänzlich 108 Mal schafft, geht ins Nirwana ein.

Der Weg beträgt 54 Kilometer. Es ist aber nicht nur ein Gehen, Stolpern, Fallen und wieder Aufstehen – viele Pilger umrunden den Berg Körperlänge um Körperlänge. Sie werfen sich auf die Erde, stehen auf und werfen sich wieder hin – die ganze Strecke entlang! Feste Handschuhe und Schürzen aus Segeltuch sollen sie vor dem groben Geröll schützen.

Am Ende der Pilgerreise wird ein Fest gefeiert. Man hängt lange Ketten von Gebetsfahnen auf und hofft, dass die Gebete – so nah am Sitz der Götter – erhört werden. Nicht alle überleben diese Tortur.

Die freilaufenden, wilden Hunde springen verspielt neben den Menschen her. Zwischen Felsen und Grasbüscheln jagen sie Murmeltiere, die allerdings meist nach scharfem Warnpfiff in ihren Löchern verschwinden, was ihrer Heiterkeit keinen Abbruch tut.

Welch ein Kontrast: Die zerschundenen, ausgezehrten Gesichter der Pilger und die übermütig herumtollenden Hunde! Und das Nirwana: Ob es nicht Platz hat für beide?

Wenn Kränkungen krank machen

Ein kleiner Kettenanhänger: das in Silber gefasste Glasauge, blau und klar gegen den bösen Blick. Es gibt ihn auf allen Basaren der Welt. Der Bedarf ist offenbar groß.

Auf einem Basar in Istanbul nehme ich ein solches Teil in die Hand. Der Verkäufer versichert mir: „Es hilft ... gegen bösen Blick von Schwiegermutter!" Sehe ich aus, als ob ich so etwas brauche? Aber weil ich es so kurios finde, kaufe ich einen Anhänger in mittlerer Größe, das muss reichen.

Blicke können töten. Und keines Blicks gewürdigt zu werden, tut auch weh. Kränkungen machen krank, weil wir auf die Freundlichkeit unserer Mitmenschen angewiesen sind. Ich bin es jedenfalls.

Aber auch Worte sind nicht ohne Wirkung. Sie heben uns in den Himmel oder stoßen uns, wenn es hart kommt, in die Tiefe. Wer so etwas erlebt hat, kann es so schnell nicht vergessen, manchmal auch nach fünfzig Jahren nicht.

Ich erinnere mich an eine Begebenheit, als ich zwölf oder vierzehn war. Mein Bruder und ich saßen mit mehreren Erwachsenen am Tisch. Worüber gesprochen wurde, weiß ich nicht mehr, aber ich sagte dann auch meine Meinung zum Thema, vermutlich sehr entschieden. Da fuhr mich einer der Erwachsenen an: „Halt den Mund! Du bist nichts, hast nichts, kannst nichts. Du sollst erst noch ein Mensch werden!"

Funkstille. Ich habe die Worte nicht vergessen. Eine Kränkung, die saß. Meine Unbefangenheit war hin. Ich bin noch heute sehr vorsichtig mit meinen Äußerungen, um niemanden zu verletzen.

Natürlich gab es – neben viel Lob – im Laufe des Lebens weitere Kränkungen, größere und kleinere. Die meisten habe ich vergessen, sie erledigten sich von selbst, einige erinnere ich sehr genau.

Bin ich schuld, wenn ich gekränkt werde? Habe ich mich falsch verhalten? Oder wollten die anderen sich nur Luft machen? Wie soll ich mit verbalen Verletzungen oder bösen Blicken umgehen?

Wenn in eine Muschel ein Fremdkörper eindringt, etwas, das ihr Leben stört oder sogar vernichten könnte, dann umhüllt sie dieses Fremde, Störende mit einer weichen Schicht, die langsam fester wird. Am Ende entsteht daraus eine Perle.

Aber Menschen sind keine Muscheln, unser Leben ist komplizierter. Trotzdem lässt mich die Muschel-Weisheit nicht los. Wir könnten zum Beispiel das, was als Kränkung in unser Leben eindringt, in unsere Hände nehmen und zu Gott hintragen: „Sieh, was man mir angetan hat! Es tut so weh. Es macht mich kaputt! Ich bitte dich, trage es mit, umhülle es mit deiner Hand."

Ich weiß gut, dass auch ich Menschen kränke, bewusst oder unbewusst. Sollte ich deshalb nicht anderen, die mich gekränkt haben, verzeihen? Das schließt nicht aus, dass ich mit ihnen rede, dass ich sage, was ihre Worte in mir angerichtet haben. Vielleicht hat er oder sie es gar nicht gewollt, nicht geahnt. Dann fällt das Verzeihen leichter.

Ich stimme Benjamin Franklin zu: „Schreibe Kränkungen in den Staub, Wohltaten in Marmor." Meistens geschieht es anders herum: Kränkungen vergesse ich nie, Wohltaten schon ziemlich bald. In einer Karnevalsrede hieß es: „Also wissen Sie … die Frau Müller, dass die immer so nachtragend ist … das verzeihe ich ihr nie!"

Was hilft mir, wenn ich mich ungerecht behandelt fühle? Auf jeden Fall muss ich mich meiner Haut wehren. Sonst wird die Kränkung in mir zu einem Geschwür, das alles Leben vergiftet. Sie bohrt in mir wie der Wurm in einem Apfel – immer weiter, immer tiefer.

Ich kann aus einer in mich eingedrungenen Kränkung wohl selbst keine köstliche Perle machen. Aber wenn Gott sie mit seiner Hand umhüllt und wenn ich darüber sprechen kann (anstatt sie grimmig herunterzuschlucken und unverdaut mit mir herumzuschleppen), wird vielleicht ein erträglicher Fremdkörper daraus – eingekapselt sozusagen – in dem Bewusstsein, dass auch ich andere Menschen kränke und verletze.

Weil Gott weiß, dass wir aneinander schuldig werden, hat er uns die Bitte mit auf den Weg gegeben: „Und vergib uns unsere Schuld, wie auch wir vergeben unsern Schuldigern." Im Lukasevangelium sagt Jesus: „Bittet für Menschen, die euch beleidigen" (Kapitel 6). Menschen, für die ich bitte, kann ich nicht mehr hassen.

Ahorn

Guten Morgen, liebe Sorgen!

Ganz sorglos bin ich selten. Es gibt ja auch immer einen Grund, sich Sorgen zu machen. Dabei habe ich nicht den Eindruck, dass ich mir Sorgen „besorge", ausdenke oder anziehe. Nein, die Sorgen stürzen sich auf mich. Sie fallen in mich hinein, setzen sich fest in Herz und Magen.

Wie sehr die Sorge zu einem Lebensthema geworden ist, verrät unsere Sprache: Es gibt die Fürsorge, Vorsorge, Nachsorge, das Besorgen, Versorgen und schließlich das Entsorgen. Menschen können sich sogar *zer*sorgen, dann sieht man senkrechte Falten auf der Stirn … Und das macht Kosmetikfirmen ganz sorgenfrei.

Manche Menschen heißen sogar „Sorge". Andere dagegen – und das sind laut Hamburger Telefonbuch noch einige mehr – nennen sich „Sorgenfrei". Wenn man die mit einem „y" am Ende mitrechnet, sind es fast vierzig!

Sorgen hat es immer gegeben, schon bei den alten Jägern und Sammlern, Hirten, Händlern und Fischern. Das Überleben war nie einfach. Aber unser Leben ist mehr als die Sorge darum. Im Matthäusevangelium heißt es deshalb: „Ihr sollt euch nicht sorgen und sagen: Was werden wir essen? Was werden wir trinken? Womit werden wir uns kleiden? Nach dem allen trachten die Heiden! Euer himmlischer Vater weiß, dass ihr all dessen bedürft." Er, der für Gras und Spatzen sorgt, wie viel mehr wird er es für seine Menschen tun!

Sorgen bringt nichts. Weil wir das Wesentliche gar nicht in der Hand haben und auch nicht in den Griff kriegen: die Dauer unseres Lebens, Liebe und Gelingen. Auch mit Versagen und Schuld ist es schwer, fertig zu werden. Aber:

„Wenn unser Herz uns verdammt, ist Gott größer als unser Herz und er kennt und weiß alle Dinge." So steht es im 1. Johannesbrief.

Jesus lehrte seine Jünger, sich in all diesen Dingen an Gott zu wenden. Wir dürfen ihn um das tägliche Brot bitten, um Vergebung und Bewahrung. Vor allem soll es darum gehen, dass Gottes Wille geschieht und sein Reich kommt, sodass sein Name über allen Namen steht. Nur so werden die Sorgen nicht das erste und letzte Wort in unserem Leben haben.

Auch wenn wir den Sorgen einen guten Morgen wünschen und sie in die Wüste jagen, werden sie immer wiederkommen – ganz ungerufen. Wir müssen sie dann weiterreichen an den, der für uns sorgen kann.

Eduard Mörike hat es in seinem Gedicht zum Neuen Jahr so gesagt:

> *Du, Vater, du rate!*
> *Lenke du und wende!*
> *Herr, dir in die Hände*
> *sei Anfang und Ende,*
> *sei alles gelegt!*

Schneeglöckchen

Heute Nacht

Heute Nacht, Herr,
als die Sorgen kamen,
habe ich sie zu dir hingetragen.
Viele Male.
Aber sie kamen zurück, die Sorgen.
Reiße sie aus meinem Herzen heraus
mit allen Wurzeln,
und halte sie bei dir fest.
Erlaube ihnen nicht,
mein Leben zu ersticken,
du, mein Schöpfer und Erlöser!

Ich danke dir für das neue Tageslicht,
für den hellen Himmel
und die aufgehende Sonne,
für den Raureif, der auf dem Gras glitzert.
Ich hätte auch gern etwas Glanz und Freude
von dir, Herr,
und Kraft für diesen Tag. Amen.

In jeder Nacht, die mich bedroht,
ist immer noch dein Stern erschienen.
Und fordert es, Herr, dein Gebot,
so naht dein Engel, mir zu dienen.
In welchen Nöten ich mich fand,
du hast dein starkes Wort gesandt.
JOCHEN KLEPPER

Ein durchsichtiger Gott?

Für die Faschingsfeier im Kindergarten hat Felicitas (4) sich als Rotkäppchen verkleidet. Als ihre Mutter sie abholt, erklärt sie: „Nächstes Jahr gehe ich als Gott. Oder als Einbrecher. Auf jeden Fall als Chef!"

Ihre Mutter fragt nach: „Als Gott? Wie würdest du denn als Gott gehen?"

Felicitas: „Auf jeden Fall durchsichtig."

„Und als Einbrecher?"

„Blau oder schwarz, damit mich keiner sieht!"

Felicitas möchte ausprobieren, wie es wäre, unsichtbar zu sein – als schwarz vermummter Einbrecher oder als durchsichtiger Gott. Einmal zu sagen haben, einmal Chef sein! Schon immer hat es die Fantasie der Menschen beschäftigt, wie wunderbar eine Tarnkappe wäre, die unsichtbar macht. Es ist ein bekanntes Märchenmotiv.

Aber für Felicitas ist es gerade jetzt ganz wichtig zu wissen, warum sie Gott nicht sehen kann. Wenn ihre Eltern abends mit ihr beten und sie zu Gott sagt: „Behüte uns heute Nacht …", dann fragt sie oft: „Warum kann ich ihn nicht sehen? Woraus ist er gemacht? Ist er durchsichtig wie Luft? Oder welche Farbe hat er?"

Wie kann sie mit einem Gott reden, den sie nicht sieht? Ins Ungewisse hinein zu reden, Bitten und Ängste auf den Weg zu schicken, ist auch für uns nicht leicht. Wir hoffen, von Gott gehört zu werden, denn es gibt die Erfahrung, dass etwas zurückkommt, was vorher nicht da war: ein Gefühl der Geborgenheit.

Felicitas wüsste gern, wie Gott aussieht. Schon immer

haben Menschen sich Gott so vorgestellt, dass er ein Gesicht hat: Augen, die uns sehen. Ohren, die unser Rufen hören. Einen Mund, der sagt: Fürchte dich nicht. Ich bin bei dir. Und ein Herz, das uns liebt. Im 5. Mosebuch steht der wunderbare Satz: „Gott hat dein Wandern durch diese große Wüste auf sein Herz genommen."

Besonders in schweren Zeiten haben Menschen Gott gebeten: „Lass dein Antlitz über uns leuchten!" Sei uns gnädig.

In Jesus, seinem Sohn, hat Gott sich uns gezeigt. „Er ist das Ebenbild des unsichtbaren Gottes", steht im Kolosserbrief (1,15). Aber was sahen die Zeitgenossen Jesu? Einen Wanderprediger, der um Brot und Wasser bitten musste, um eine Unterkunft. Einen, der bei den Leidenden, Verachteten und Hungrigen zu finden war, der sie tröstete, heilte und speiste. Doch die Menschen haben ihn verkannt und vertrieben. Zusammen mit Verbrechern wurde er außerhalb der Stadt auf einer Schutthalde gekreuzigt.

Ein Gott, der zulässt, dass man ihn umbringt? Das ist bis heute ein Stein des Anstoßes. Dieser ohnmächtige Gott macht das Glauben schwer.

Jesus sagt: „Selig ist, wer sich nicht an mir ärgert." Gott hat sich in seinem Sohn Jesus gezeigt und bleibt doch der Verborgene.

Wir fragen: „Wo warst du, Gott, als die Tsunami-Welle kam, das Erdbeben, die Terroranschläge? Warum mussten so viele Unschuldige sterben?"

„Einmal", so versprach Jesus seinen Jüngern, „werdet ihr mich nichts mehr fragen." Einmal wird der Tod nicht mehr sein und es wird keine Tränen mehr geben. Dann werden wir Gott sehen „von Angesicht zu Angesicht". Solange wir aber über diese Erde gehen, mutet Gott uns zu, ihm – gegen den Augenschein – zu glauben, dass er unser Leben in seiner Hand hält.

Wenn wieder Faschingszeit ist und Felicitas fünf Jahre alt sein wird, sehen ihre Verkleidungswünsche sicher anders aus: kein unsichtbarer Gott oder Einbrecher, keine Tarnkappe auf dem Kopf, sondern vielleicht die Krone einer Prinzessin, die sich sehen lassen kann. Oder sie schlüpft in die Rolle eines wilden Tigers. Zwei Verkleidungen, die Maya und Eva in diesem Jahr gewählt haben. Vielleicht passen Felicitas dann sogar deren Kostüme!

Was bleibt: Wir rufen zu einem unsichtbaren Gott, aber unser Rufen und Bitten bleibt nicht unerhört. Ich glaube, Felicitas weiß das.

Japanische Quitte

Lauter Hundegeschichten

Wenn eine alte Hündin stirbt

Liebe Lucie,
heute, an einem sonnigen Septembertag, haben wir dich in unserer schönsten Gartenecke begraben. Wie sehr haben wir mit dir gelitten! All die Spritzen und Infusionen – über Wochen – dann die Röntgen- und Ultraschallaufnahmen! Immer wurdest du gegen deinen Willen zum Tierarzt gebracht, festgehalten auf den blanken Untersuchungstischen. Tabletten hat man dir reingestopft, Kontrastmittel. Antibiotika gegen Husten. Medikamente zur Entwässerung und Bronchienerweiterung, weil du Mühe hattest mit dem Atmen. Die Spritzen gegen Schmerzen haben dir vielleicht ein wenig geholfen, aber heilen konnte dich niemand mehr. Dein Herz konnte nur mühsam schlagen, das Atmen war schwer auch im Sauerstoffzelt der Tierklinik.

Heute, kurz vor elf, rief die Ärztin an: „Kommen Sie schnell! Für ein Gespräch!" Wir wussten, worum es ging, warteten kurz auf Isabel und fuhren dann zur Klinik.

Die Ärztin trug dich zu uns herein. Wir durften dich noch zehn Minuten auf dem Schoß halten und streicheln. Wir haben dich geküsst und dir gesagt, was für eine liebe Hündin du warst. Wir haben dir danke gesagt und dir versprochen, dass du jetzt ganz schnell einschlafen würdest – ohne Schmerzen. Aber ich konnte dich nicht sterben sehen, die beiden haben dich fest im Arm gehalten und dann in ein buntes Frotteetuch gewickelt und ins Auto getragen. Ein letztes Mal wurdest du in deinen Korb gelegt.

Schon der Tag gestern – als du noch in der Tierklinik warst – war so kahl und leer, so lautlos. Alles war da, aber du fehltest. In den letzten Tagen hast du schon nichts mehr gefressen, bist nicht mehr gelaufen und warst sehr apathisch. Das Atmen war mühsam. Hast du deinen Tod gefühlt?

Nun bist du im Hundehimmel, und das Leiden ist vorbei. Für dich! Für uns nicht. Wir haben sehr geweint. Aber nun hast du dein „Bett" in unserem Garten – mit Decke und Kuscheltier. Schlaf gut, liebe Lucie! Im Himmel sehen wir uns wieder! Da gibt es jeden Tag Cornys, sie werden dir schmecken! Du wirst Freudensprünge machen. Darauf hoffen wir für dich und für uns!

Maya, die dich so geliebt und oft mit dir in deinem Korb gelegen hat, sagte heute Morgen beim Frühstück: „Ich denk an Lucie!" Selbst Felicitas hatte schon viel mit dir geschmust. Ja, du warst sehr lieb zu allen fünf Enkelkindern. Es ist schwer, ohne deinen Blick und dein Schwanzwedeln zu leben. Ohne dein Freudengeheul, wenn wir wieder ins Haus kamen, besonders, wenn Isabel kam.

Während wir das Grab aushoben und du – noch warm – in deinem Korb auf der Veranda lagst, klingelte das Telefon. Ich lief hin, so schnell ich konnte. Das Klingeln sollte deine Ruhe nicht stören. Ich konnte es kaum ertragen. Es tat weh. Nun kann deinen Schlaf nichts mehr unterbrechen! Wenn uns im Himmel nichts fehlen wird, dann werden wir auch dich wiedersehen. Und du uns!

Ein paar Tage später dachte ich: Wenn solch eine Hündin stirbt, welkt die Freude. Sie geht – und lässt Haus und Menschen leer zurück. Mein Geburtstag gestern war sehr still, trotz der vielen Anrufe. Ich war froh, keine Gäste zu haben. Wir sind für ein paar Stunden an die Elbe gefahren. Für die Füße war das Wasser noch nicht zu kalt. Ein stiller Morgen. Der graue Himmel trauerte mit.

Wie gern würde ich ihr Fell kraulen, klopfen, streicheln – hinter den Ohren und unter dem Maul und ihr in die Augen sehen! Sie hat uns so vertraut. Ihren Blick kann ich nicht vergessen.

Zehn Tage ist es nun her, dass Lucie aufhörte zu atmen. Wie verändert ist das Leben ohne sie! Heute war ich allein im Haus. Das war auch sonst manchmal so, aber dann lag Lucie da auf dem Sofa, döste oder schlief. Sie blinzelte, wenn ich ihren Namen sagte oder ihr ins Fell griff. Jetzt ist es so still, totenstill, trotz laufendem Fernseher. Ob wir es schaffen, ohne Hund zu leben? Aber ein anderer Hund käme mir wie ein Verrat an Lucie vor … als wäre sie ersetzbar.

Sie war ganz klein, gerade sechs Wochen alt, als wir sie in einem Schuhkarton holten. Auf einem Reiterhof am Plöner See ist sie zur Welt gekommen. Nur in der ersten Nacht hatte sie Heimweh und hat ein bisschen geweint. Oft habe ich sie mit auf die Terrasse genommen und, wenn ich im Liegestuhl lag, unter meinen Anorak gesteckt. Da lag sie warm und geschützt. Und wenn ich einen Becher mit Eis hatte, bekam sie ihren Klecks. Vanille mochte sie am liebsten.

Zwei Wochen nach Lucies Tod saß ich auf der Terrasse und las. Es war ganz still. Kein Rasenmäher, keine Fußball spielenden Kinder. Da begann ein kleiner Vogel zu singen. Er saß – für mich unsichtbar – irgendwo in unserer Buchenhecke. Seine Melodie schien ihm selbst zu gefallen, er wiederholte sie mit leichten Variationen viele Male. Er sang mit solcher Inbrunst, so schön und rein, dass ich dachte: Es ist ein Lied für Lucie! Ihr Grab liegt genau der Hecke gegenüber. Ich wischte mir die Tränen weg und versuchte, weiterzulesen.

Isabel kam zum Lunch. Ich erzählte ihr von dem Vogellied. Sie legte eine Hortensienblüte auf Lucies Grab, ein paar Herbstanemonen und eine dunkelrote Rose, die der Wind abgeschlagen hatte.

Das Lied des Vogels erinnerte mich an Klaras Beerdigung vor vielen Jahren. Als der Pastor am Grab der alten Dame sprach, begann ein kleiner Vogel in der nahen Hecke so laut zu singen, dass man Mühe hatte, die Worte des Pastors zu verstehen. Wir sahen uns an und konnten es kaum fassen.

Hinterher sagte ein Freundin: „Das war ihre Seele! Das war Klara, die schon ihr Lied singt und uns damit trösten will." Ich erinnere mich noch heute an das laute, klare Trällern.

Drei Wochen später. Plötzlich, beim Zeitungslesen, spürte ich wieder, liebe Lucie, wie dein Fell sich anfühlte: glatt, hart, borstig wie bei einem Frischling, und darunter, wenn ich tiefer hineingriff: warm und weich. Du mochtest es, wenn wir deine Ohren zwischen Daumen und Zeigefinger nahmen und ausstrichen bis zur Spitze hin. Das war ein besonderes Wohlgefühl. Oder hast du es nur still erduldet?

Dein Halsband habe ich dir abgenommen. Nichts sollte dich einengen und beschweren. Es hängt neben unserem Kachelofen, sodass wir es immer sehen.

Auf dein Grab hab ich gelbe Krokuszwiebeln gesteckt. Auf der roten Sandsteinplatte ist dein Name eingemeißelt: Lucie. Wie gern würde ich deine kleine feuchte Schnauze noch mal in meiner Hand fühlen …

Marie Noël schreibt: „… wenn ich an das Paradies denke, (kann ich mich) nicht nur mit Gott zufriedengeben. Ich muss die Menschen wiederfinden. Ebenso die Pflanzen und Tiere … und meinen treuen alten Hund."

Der Tag, als Leo Löwenherz zu uns kam

Auf die leichtsinnige Frage meiner Familie, was ich mir denn zum 70. Geburtstag wünsche, sagte ich: „Das wisst ihr doch! Einen Jack-Russell! Aber wir haben ja beschlossen, keinen Hund mehr anzuschaffen!"

„Möchtest du denn trotzdem einen? Was würdest du sagen, wenn wir dir einen schenkten?"

„Ich würde heulen vor Freude. Zwei Tage lang!"

„Hm ... wir können ja mal gucken ... im Internet!"

Es gab Hunderte von Welpen – überall in Deutschland. Aber unser „Jackie" musste ja nicht gerade aus München kommen. Wir suchten im Umkreis von hundert Kilometern und hatten ganz bestimmte Wünsche: Unser Terrier sollte rauhaarig, hochbeinig, dreifarbig und kinderlieb sein.

Es gab im Internet zwei Hunde, in die wir uns sofort verliebten: einen in der Nordheide, einen anderen in Bremervörde. Wir riefen zuerst zuerst bei Familie Schmidt in der Nordheide an.

Ja, der Welpe sei noch zu haben. Aber Leo sei ein ganz besonderer Hund, den man nicht an jeden beliebigen Interessenten abgeben würde! Ein Tier mit so viel Charme und Charakter, mit so guten Eltern könne man nur in beste Hände geben.

„Natürlich!"

Wir erwähnten, dass wir immer Hunde gehabt hätten, zuletzt – dreizehn Jahre lang – eine Jack-Russell-Hündin. Das brachte einen Punkt. Das Vorhandensein von Kindern, Enkelkindern und einer Baumschule als Auslauf einen zweiten. Schließlich erhielten wir die Erlaubnis, den Welpen einmal anzusehen.

„Also, morgen Nachmittag dann!"

Mir reißfester, welpenwiderstandsfähiger Kleidung und ausreichend Leckerli machten wir uns auf den Weg. Ansehen kostet ja nichts.

Leo war umwerfend: sein Temperament beim Spielen, seine Liebenswürdigkeit, die Bereitschaft, unsere Leckerli zu fressen! Ein wunderschönes Tier: weiß mit fuchsfarbenen Flecken und einem schwarzen Ringel im Schwanz! Uns war klar: „Wir nehmen ihn!"

„Nein!", sagte die Züchterin. „Heute nicht! Heute kann ich die Entscheidung nicht fällen! Ich brauche Zeit. Wollen Sie eine Tasse Tee?"

„Ja ... gern!" Eigentlich wollten wir ja einen Hund! Sie würde uns Montag anrufen. In vier Tagen also.

Auf der Rückfahrt wurde uns klar: Wir kriegen Leo nicht. Sie mochte nur nicht gleich nein sagen.

Am nächsten Tag also: Auf nach Bremervörde! Hinter dem Maschendraht der Bauernhofwiese ein Welpengewimmel, das uns schwanzwedelnd in höchsten Tönen kläffend be-

grüßte. Wir durften den einen und anderen Hund herausnehmen, streicheln, begutachten und allen beim Spielen zusehen. Zwei kamen in die engere Wahl. Aber Leo – geliebt, gelobt, schier unerreichbar – hatte nun schon einen so großen Sympathievorsprung, dass wir uns erst mal herzlich dankend verabschiedeten. Wir versprachen, telefonisch Bescheid zu geben.

Nach vier langen Tagen der Anruf von Frau Schmidt: „Also, wenn Sie Leo noch wollen, können Sie ihn haben!"

„Wunderbar! Toll! Wir nehmen ihn gern. Wann können wir ihn abholen?"

„Nein! Wir werden ihn bringen. Unsere Kinder möchten sehen, wo er bleibt. Wir kommen übermorgen Nachmittag!"

„Gut. Ich werde einen Kuchen backen und Eis besorgen, damit die Kinder nicht so traurig sind, weil sie ja Leo hergeben müssen!"

Aber sie kamen erst gegen Abend: die Züchterin, ihre drei Söhne und drei Hunde (Leo, dessen Mutter und Schwester). An die Haustür hatte ich ein großes Plakat gehängt: „Herzlich willkommen, lieber Leo!" Grün-rosa Blumenranke. Zufällig waren auch noch Susanne (mit ihrer Familie) und Isabel da – außer uns. Elf Menschen und drei Hunde im Wohnzimmer! Etwas viel für junge Hunde. Der andere Welpe erleichterte sich auf dem Teppich.

„Kein Problem", sagten wir in unserer Euphorie, Leo wie ein Kind im Arm haltend. Nun war er also da, der kleine Kerl, ganz tapfer und sehr gelassen in der für ihn völlig fremden Umgebung. In dem ganzen Gewimmel hörte ich – wie von fern – die Worte der Züchterin: „Ach, das gewohnte Futter hab ich vergessen, die Pfeife auch! Geben Sie Haferflocken mit Ei. Und Science Plan, Lamb + Rice!"

Ich unterschrieb den Kaufvertrag, ohne ihn zu lesen, was sich ja sonst nicht so empfiehlt … Aber was konnte ich bei Leo falsch machen? 500 Euro wechselten den Besitzer. Ein Schluck Wasser, eine Handvoll Kirschen, dann mussten sie wegen eines Schülerkonzerts schnell zurück.

Die Invasion verschwand wie ein Spuk, und dann waren wir mit Leo allein. Wir hatten, wie sie sagte, auch den letzten Schritt, die fehlenden 20 Prozent, noch geschafft! Haus und Garten schienen akzeptabel und unsere Tierliebe groß genug. Susannes Statement „Leo wird hier sehr geliebt werden!" hat wohl den Ausschlag gegeben.

Löwen sind schwer zu bändigen

Leo, jetzt vier Monate alt, ist in die Flegeljahre gekommen. Wann immer möglich, probiert er aus, wer der Stärkere ist: er oder wir. Aber eigentlich weiß er es schon.

Unsere Hundetrainerin Anke (mit ihrem schönen Hunde-Areal direkt an der Elbe) bestätigt es: „Der Hund macht ja mit euch, was er will!"

Als wir das „Bei-Fuß-Gehen" üben wollen, legt Leo sich nach ein paar Schritten einfach auf den Rücken und lässt sich über das nasse Gras ziehen.

„So sind Terrier! Ihr müsst mit Leo klar und konsequent sein!"

Ich verteidige mein fünftes Kind: „Aber er ist doch noch

so klein! Er will spielen, wenn er an uns hochspringt oder in die Leine beißt ..."

„Nein! Ihr müsst klare Befehle geben: Pfui! Fuß! Aus!"

Natürlich hat Anke recht, aber mir fällt es schwer, bei Leos Charme so streng zu sein. Das Schlimmste ist, dass er bei unseren Wegen um den Krupunder See an ahnungslosen Spaziergängern hochspringt – besonders an solchen, die weiße Hosen tragen. Wir laufen dann hin: „Entschuldigen Sie bitte! Der Hund ist noch so jung, erst drei Monate alt! Wir zahlen die Reinigung. Wir holen Ihre Hose ab und bringen sie Ihnen zurück!" Bei so viel Reue, Demut und angekündigter Nähe schrecken die Walker meistens zurück: „Nein, nein! Wir haben ja auch eine Waschmaschine!"

„Ach so! Vielen Dank!"

Im Garten läuft Leo an einer langen Leine, aber nicht sehr lange, weil die Leine sich ständig um Stuhl- und Tischbeine, Sträucher und Rosen wickelt. Wir müssen eine andere Lösung finden. Er soll so viel Freiheit haben wie möglich. Aber unsere Buchenhecke, die den Garten umgibt, ist nicht dicht genug. Immer findet er ein Loch, durch das er entwischen kann. Das ist für ängstliche Nachbarn und vorbeigehende Passanten, die er „begrüßen" will, nicht ideal. Außerdem ist für Leo die stark befahrene Straße sehr gefährlich, denn außer Jogger und Radfahrer hält er auch Autos für Beutetiere, denen er nachjagen muss.

Also ein Zaun! Am besten ein Elektrozaun, der ihm seine Grenzen zeigt und dann leicht wieder entfernt werden kann. Wir besprechen die Sache mit Anke.

„Ein Elektrozaun? Ja, kein Problem! Heute ist Sonnabend. Ich bestelle euch einen. Heute noch!"

„Prima! Vielen Dank!"
Dienstag: „Ist der Zaun schon da?"
Anke: „Zaun kommt!"
Donnerstag: „Wie steht's mit dem Zaun?"
„Wahrscheinlich morgen!"
Sonnabend: „Was vom Zaun gehört?"
„Ist abgeschickt!"
Donnerstag: „Und?"
„Müsste schon da sein! Ich sag Bescheid!"
Freitag: „Also, ihr könnt ihn abholen! Heute Nachmittag!"
„Super!!! Wir kommen!"

Der „Zaun" befindet sich in einem Karton. Wir zahlen. Günstiger Preis. Unter hundert Euro. Aber wo sind die Pfosten?
„Müsst ihr besorgen!"
Zu Hause packen wir den „Zaun" aus. Die Isolierteile sind riesig mit langen Schrauben für die Pfähle. Der Trafo ist nicht gerade zierlich. Wir besorgen die Pfosten, schrauben die Halterungen für die Drähte ein. Jetzt fehlen eigentlich nur noch eine Koppel und ein paar Pferde und Kühe oder jedenfalls Schafe – damit die Größenverhältnisse stimmen. Aber wir haben einen kleinen Hund, 30 Zentimeter hoch! Und einen Reihenhausgarten. Außerdem dürfen die Drähte nicht von Blättern berührt werden, damit der Strom fließen kann. Daran haben wir nicht gedacht. Der Zaun muss gewissermaßen frei im Garten stehen, von der Hecke ein Stück entfernt. Aber wie sieht das aus? Und wenn der Stromimpuls – für Pferde und Kühe

berechnet – nun zu stark ist für Leo? Was sollen wir bloß machen?

Naheliegende Probleme lösen sich am besten in der Ferne. Wir fahren mit Leo an die Nordsee, damit er und wir die Weite von Sand und Meer, Wiesen und Wegen genießen können. Wie erholsam ist die Landschaft von Eiderstedt: die Koppeln, Äcker und Felder! Überall Elektrozäune mit Warnschildern. Aber bei so viel Platz stören sie nicht, ich habe sie bisher gar nicht wahrgenommen. Und dann der breite Strand von St.-Peter-Ording! Wie wunderbar kann Leo hier rennen, toben und buddeln. Gibt es Schöneres? O ja! Es gibt Emma! Eine einjährige Jack-Russel-Hündin, die wie aus dem Nichts auftaucht und – rasend vor Glück und Freiheit – auf Leo trifft. Irgendwann kommt auch die Besitzerin.

Die Hunde spielen, rennen in Kreisen um uns herum. Wir fragen die Frau: „Und … kommt Emma schon, wenn Sie nach ihr rufen? Gehorcht sie? Bleibt sie im Garten?"

„Ja, sie macht's schon ganz gut!" (Ein Schuft, wer schlecht von seinem Hund redet!) „Unser Garten ist ja eingezäunt, kein Problem!"

Wir erklären unser Problem: die hundedurchlässige Buchenhecke.

„Ach", meint sie, „nehmen Sie doch einfach solch ein grünes Drahtgeflecht, das man als Stütze um Stauden herum steckt. Das gibt's ja als Meterware. Damit können Sie den unteren Bereich doch abdecken!"

„Super Idee! Vielen Dank!" Diese Frau hat der Himmel uns geschickt!

Am nächsten Morgen: auf zum Baumarkt! Drahtgeflecht, 30 Meter, werden gekauft und in die Erde gesteckt. Der Rücken tut weh, aber es geht ja nicht um uns, sondern um Leo! Unter der Gartenpforte ist immer noch ein Spalt, den Leo als komfortablen Ausstieg erspäht. Er schiebt sich auf dem Bauch hindurch. Also nageln wir zwei Bretter unter die kleine Gartentür, wodurch sie allerdings nicht schöner wird!

Das Drahtgeflecht hat Leo als ein gewisses Hindernis wahrgenommen. Etwa einen Tag lang! Als dann unser Nachbar außen am Zaun entlanggeht und „Hallo! Leo!" ruft, wälzt sich unser Hund über den Zaun. Er machte es wie die Stabhochspringer, nur ohne Stab: Zuerst die Vorderpfoten, dann der Kopf, nun ein kleiner Schwung – und der restliche Körper landet auf der anderen Seite.

Also doch: Elektrozaun? Nein, wir glauben noch an Erziehung!

Wundervolle Gefährten

„Terrier sind wundervolle Gefährten des Menschen." So steht es in unserem Hundebuch. Und es stimmt: Wir lieben Leo sehr und Leo liebt uns. Wie sehr hat er unser Leben verändert! Unsere Wohnung allerdings auch. An den tapezierten Wänden gibt es jetzt kahle Stellen. Ich weiß nicht, was an dieser Raufaserschicht so gut schmeckt. Leo leckt mit Inbrunst daran, bis das Papier – gut durchfeuchtet – sich mit scharfen Welpenzähnen mühelos entfernen lässt. Na gut, es gibt auch ein Leben ohne Tapeten!

Natürlich brauchen Welpen etwas zum Herumkauen, aber Leo hat Bälle, Kauknochen, Spielzeug mit und ohne Klingel, harte Brotkanten, rohe Möhren, Tannenzapfen und alles, was man im Futterhaus mit Geld kaufen kann. Sie kennen uns dort schon mit Namen. Aber nichts ist so schön wie Teppichfransen. Und – wenn diese erst beseitigt sind – der entschlossene Biss in den Teppich selbst. Das trainiert die Kaumuskulatur. Auch Schrank- und Stuhlbeine sind dafür sehr geeignet, zur Not auch die Armlehne des Sofas oder Kissenbezüge. So hat Leo innerhalb der ersten Monate seinen Kaufpreis locker verdoppelt.

Unsere Hundetrainerin sagt: „Leo ist sehr dominant. Terrier brauchen eine feste Hand!"

„Klar!"

„Er muss gehorchen: Fuß! Sitz! Platz! Bleib! Aus! Komm!"

Leo versteht das alles und tut es auch, wenn er will. Hunde sehen manche Dinge eben anders. Und Menschen leben jetzt zwischen Trillerpfeife und Leckerli mit kleinen schwarzen Plastiktüten in der Manteltasche, in Jacken- und Hosentaschen natürlich auch. Aber – bei allem Eigensinn – Leos Charme ist unwiderstehlich. Wenn er, der mit seinem weißbraunen Wuschelfell eigentlich Struppi heißen müsste, uns aus seinen blanken braunen Augen anguckt („Is' was?"), kann kein Mensch ihm böse sein.

Das Highlight des Tages ist die Tobestunde mit anderen Hunden am Nachmittag. Ab zehn vor drei liegt Leo mit der Schnauze an der Türritze. Wenn er dann mit den Retrievern, Schäferhunden und Ridgebacks über die abgeernteten Maisfelder gejagt ist und die großen Hunde erschöpft irgendwo im Gras liegen, steht Leo schwanzwedelnd vor ihnen: „Und? Was machen wir jetzt?" Manchmal kommt dann noch seine Freundin Borka, die schöne Dalmatinerhündin, dazu und Barney, der australische Hütehund. Da gibt es keine Kämpfe, sondern spielerisches Gebalge und Lefzenlecken, sodass die Besitzer sich ganz entspannt unterhalten können.

Anschließend geht Leo an lockerer Leine bei Fuß mit uns nach Hause und liegt flach wie eine Briefmarke auf dem Teppich – eine Stunde lang. Erholung pur für alle!

Ein „wundervoller Gefährte" ist unser Hund auch auf Reisen. Ohne Murren und Knurren liegt er auf dem Rücksitz des Autos, auch bei längeren Strecken. Ihm wird weder übel, noch langweilt er sich. Aber kürzlich, auf der A7 zwischen Frankfurt und Hamburg, erschien auf unserem Display plötzlich der Hinweis: „Halterung der Airbags nicht mehr gesichert. Werkstatt aufsuchen!"

Unnötig zu sagen, dass es spätabends war und zudem Wochenende, wie immer in solchen Fällen. Wir fuhren weiter mit mulmigem Gefühl. Würden uns die Airbags um die Ohren fliegen? Es ging gut.

In der Werkstatt wurde festgestellt, dass ein Kabel beschädigt war. Wie konnte so etwas passieren? Ein Herstellerfehler? Oder die Entdeckerlust unseres Hundes? Der Mechaniker reparierte den Schaden. So etwas darf nicht vorkommen! Ab jetzt sitzt Leo im Kofferraum, durch ein Gitter (110 Euro) von uns und anderen Gefahrenzonen getrennt. So ist es ja auch vorgeschrieben.

Als ich am nächsten Morgen zwischen sechs und sieben

wach im Bett lag, dachte ich zum ersten Mal: „Es geht nicht! Wir müssen Leo zurückgeben. Wir schaffen es nicht." Die Züchterin hatte ja angeboten, ihn zurückzunehmen. Nur ihr sollten wir den Hund geben, nicht etwa anderen Interessenten.

Ankes Kommentar „Ich hätte euch eine andere Rasse empfohlen!" trug ebenfalls zu meiner Entmutigung bei. Wir sollten auf jeden Fall mehrere Male am Tag mit Leo die Befehle: „Sitz!", „Bleib!", „Komm!" üben. Ob Leo das will? Falsche Frage! Wir wollen es ja! Armer Leo!

Beim Frühstück kommt Leo leise und langsam, sanftmütig wie ein Lamm, an den Tisch. Er will nur mal kurz gestreichelt werden. Als er mich aus seinen tiefbraunen Augen ansieht, weiß ich: Wir können ihn nicht zurückgeben! Ausgeschlossen! Es wäre ein Unrecht dem Tier gegenüber, das sich so an uns gewöhnt hat.

Mittags in der Baumschule

Hundespaziergang in der Baumschule. Leo versucht, Schmetterlinge zu fangen. Die Kohlweißlinge taumeln verschlafen-leichtsinnig in der Mittagssonne über dem Gras. Im Zickzackkurs flattern sie vor sich hin, was sie gut vor Angriffen aus der Luft schützt. Kommt Leo ihnen aus purer Neugier zu nahe, torkeln sie für einen Moment etwas höher und sind außer Gefahr. Leos Lektion: Schmetterlinge sind keine guten Spielgefährten!

Er versucht es mit einem Frosch und bohrt seine Schnauze tief in die moorige Erde. Der kleine Frosch hüpft, hat einen Meter Vorsprung und rettet so sein Leben. Leo hätte ihn fangen können, aber wer will schon einen Spielgefährten, der immer wegläuft?

Dann kommt die zweijährige Dalmatinerhündin Borka – schlank und schön. Die beiden rennen, toben, spielen und springen bis zur völligen Erschöpfung. Auf dem Rückweg leckt Leo Borkas Lefzen, was so viel heißt wie: „Ich bin zwar kleiner als du, aber ich verehre und liebe dich unendlich!" Der Abschied tut weh. Vielleicht gibt es ja ein Wiedersehen – morgen um halb zwei!

Leo, der Charmeur

Gestern waren wir erneut im Baumarkt. Wir brauchten höheres Drahtgeflecht, um Leo am Ausbrechen zu hindern.

Leo lag wie festgeklebt auf der Ladefläche des Wagens. Er sah die uns entgegenkommenden Kunden so liebevoll an, dass auch sie lächeln mussten. Sogar die Griesgrämigen, die sich ärgerten, weil sie nicht gefunden hatten, was sie suchten. „Der Kleine zaubert großes Lächeln!" – so heißt die Werbung für den Mini-Cooper. Das würde auch auf Leo zutreffen.

Leo ist nicht nur charmant, sonder auch sehr fantasievoll. Er hat zum Beispiel ein neues Spiel erfunden: Im Garten steht eine Vogeltränke, in der manchmal verblühte Rosenblätter schwimmen. Er buddelt dann in der flachen Schale, als wäre es eine Sandkiste. Dadurch geraten die Blätter in Bewegung, er schnappt nach ihnen, fischt sie heraus und rennt vor Begeisterung in großen Kreisen durch den Garten. Anschließend macht er eine Runde durchs Wohnzimmer, denn die Verandatür steht gerade offen.

Man kann sagen: Unser Hund hatte einen glücklichen Sonntag. Wir in gewisser Weise auch. Ein Teppich lässt sich ja reinigen.

Ein anderes Spiel gibt es, das Leo sehr liebt. Ich liebe es auch, weil es so ruhig und ohne Folgeschäden abläuft. Leo liegt auf dem Teppich und stupst seinen kleinen roten Ball mit der Schnauze ein Stück weg. Der Ball rollt, ändert seine Richtung, kommt ein Stück zu ihm zurück. (Ist unser Fußboden so uneben?) Leo beobachtet ganz konzentriert die Ballbewegung. Er wiederholt dies kleine Spiel viele Male. Was freut ihn so daran? Wundert er sich, dass der Ball nicht wegläuft? Es ist fast so wie bei einer Katze, die mit einer gerade gefangenen Maus spielt.

Wie auf Wolken

Unsere Sofakissen sind für Leo, den Jagdterrier, so etwas wie erlegte Beutetiere, die man ausweidet. In unserer Gegenwart wagt er es meistens nicht. Zu oft haben wir „Nein!!!" und „Pfui!!!" gerufen, wenn er wieder einmal versuchte, mit entschlossenem Biss die Ecke eines Kissens zu entfernen, um dann die synthetische Watte herauszuzerren. Aber die Nächte, die Leo allein im Wohnzimmer verbringt, sind lang und langweilig.

Kürzlich hatten wir einen japanischen Gast im Haus. Er schlief im Gästezimmer des Souterrains. Als er am frühen Morgen die Treppe heraufkam, um sich ein Glas Saft aus der Küche zu holen, traute er seinen Augen nicht. Denn auf dem runden Teppich des Wohnzimmers lag eine dicke weiße Schicht aus Gänsefedern. Vorsichtig setzte er seinen Fuß darauf. Wie angenehm! Man ging wie auf Wolken!

Beim Frühstück erzählte er uns von seinem Erlebnis. „Haben Sie das da hingelegt? Es fühlte sich gut an!"

„Nein, das war unser Hund! Er hat den Inhalt eines Sofakissens verstreut. Übrigens nicht zum ersten Mal!"

Liebe oder Vorliebe?

Leos Liebe ist groß. So groß, dass er einen Zettel, den ich gerade in den Papierkorb geworfen hatte, herausholte, zerriss, zerbiss und verschlang. Er roch noch so gut nach meiner Hand. Das Ganze passierte sehr schnell, weil er inzwischen weiß, dass ich ihm Unverdauliches wieder aus dem Maul zerre. Ich taste Unterkiefer und Gaumen ab nach Plastikteilen, Teppichfransen, Kohlestücken, nach Steinen und Muscheln und erwische diese Dinge oft noch im letzten Moment. Aber ... was da eben geschah, war ein Liebesbeweis: Du, ich hab dich zum Fressen gern!

„Na gut, Leo, das freut mich natürlich. Aber es wäre auch schön, wenn du bei ‚Aus!' mal gehorchen würdest! Oder mochtest du nur den Klebstoff auf der Rückseite des Papiers so gern? War es die Vorliebe dafür?"

Ach, warum zweifelt man immer, ob es wirkliche Liebe ist? Dabei wäre die richtige Antwort doch: „Leo, du bist ein Schatz! Ich liebe dich auch, ganz doll! Aber zerknüllte Zettel kann ich deswegen nicht schlucken. Auch keine von dir angekauten Teppichfransen! Aber ich koche dir gleich Hühnerschenkel. Ganz für dich allein, ja? Ach so, du liegst da und schläfst … Wozu rede ich dann mit dir?"

„Hunde hören alles, auch wenn sie schlafen. Siehst du nicht, wie wohl mir ist? Dein Klebstoff schmeckt wirklich gut. Kann ich die ganze Tube haben?"

„Nein!"

Leo, das Lamm

Leo hinkt. Unter seiner rechten Hinterpfote gibt es eine kleine offene Stelle. Er hat wohl versucht, einen Dorn oder Stein zu entfernen, was seine scharfen Zähne auch schafften. Aber dann, als die Wunde blutete, hat er nicht aufgehört, daran zu lecken.

Also: Tierklinik! Die Ärztin tut ihr Bestes. Spritze, Salbe, Gaze, Mullbinden, umhüllt und gesichert durch rote und weiße Klebestreifen. Leo sieht aus, als trüge er den Schuh eines berühmten Sportvereins, aber für ihn ist es nur ein lästiger Fremdkörper. Damit er diesen nicht sofort wieder entfernt, bekommt er eine Manschette um den Hals.

Der Plastiktrichter hat die Größe eines Lampenschirms. Leo ist so verblüfft, dass er stillhält. Er zeigt Gelassenheit und abgrundtiefes Vertrauen. Vom blanken Metalltisch wieder auf sicheren Boden gesetzt, stößt er mit diesem ungewohnten Gerät überall an. Hunde gucken, wenn sie gehen, ja nicht wie Giraffen in die Luft, sondern schnüffeln am Boden. Irgendwie schafft er es bis ins Haus. Dort lässt er sich auf den Teppich fallen, legt den Kopf auf die Seite und schläft ein.

Stressabbau? Er fällt in einen komatösen Schlaf, fast so, als hätte ich ihm eine Narkosemaske auf die Nase gedrückt. Leo tut, was eine Mutter sich wünscht, wenn sie ihr Kind ins Bett legt: Augen zu und Tiefschlaf! Er bleibt wie angenagelt liegen, bis wir ihn von diesem Monstrum befreien.

Was mich tief rührt: Immer, wenn ich ihm nach seinen Fress-, Spiel- und Draußenzeiten den Trichter wieder überstülpen muss, damit er den Verband nicht abkaut, kommt er mir entgegen und steckt den Kopf stumm in die Öffnung – wie das sprichwörtliche Lamm, das zur Schlachtbank geführt wird und seinen Mund nicht auftut ... So viel Geduld und Vertrauen, als wüsste unser wilder Löwe, dass dies jetzt einfach sein muss. Nur manchmal steht er danach noch ein paar Sekunden mit gesenktem Kopf mitten auf dem Teppich – wie ein Stier kurz vor dem Angriff. Aber dann sackt er – in sein Geschick ergeben – in sich zusammen, reglos und klaglos.

Bestimmt leide ich unter dem Trichter mehr als er. Leo hat im Schlaf wüste Träume, zappelt mit den Beinen und bellt in merkwürdig hohen Tönen bei geschlossenem Maul. Im Traum ist er dort, wo er hingehört: auf der großen Wiese im Kampf und Spiel mit den anderen Hunden, denen er Bälle und Stöcke abjagt, Schlammschlachten, aus denen er als Sieger hervorgeht. Wilma, die große Dogge, und Ramon, ein Labrador, haben sich damit abgefunden. Der schwarze Riesenschnauzer noch nicht ganz. Ein wirklicher Konkurrent ist eigentlich nur Milano, der freundliche Mischling mit Migrationshintergrund.

Aber dieser Spaß ist vorerst verboten: „Nur die nötigsten Schritte! Fest an der Leine!" Das ist für einen zehn Monate alten Terrier wie Gefängnis.

Zweiter Tag
Plötzlich taucht sein bester Freund Barney auf. Die Freude ist so groß, dass wir ihm das Vergnügen für zehn Minuten gönnen wollen. Leine los! Nach einer Minute Toben ist von dem Verband nichts mehr zu sehen. Also mit brauner Lehmpfote wieder in die Tierklinik! Die Assistentin ist nicht sehr überrascht: „So sind Terrier."

Der neue Verband wird höher gewickelt, bis über das nächste Gelenk. Es wird mit der Heilung (bis neue Hornhaut gewachsen ist) wohl einen Monat dauern. Leo hört diesen Satz nicht, und wir versuchen, ihn wieder zu vergessen. Von Tag zu Tag ist es mühsam genug.

Vierter Tag
„Leo, wie geht's?"
„Na ja!"
„Und sonst?"
„Miserabel!"
„Du armer Hund!"

Fünfter Tag
Verbandswechsel in der Tierklinik.
„Leo! Gut gemacht! Da wächst schon wieder Haut über die Wunde! Aber warte noch ein bisschen mit dem Toben, ja?"
„Warten ist das Schlimmste, was es gibt! Und draußen liegt Schnee!"

Siebter Tag
„Heute hat sie mich von der Leine losgemacht. Ich durfte über die Felder rasen! Geflogen bin ich! War das toll! Und … hat es mir etwa geschadet? Na, bitte!"
„Leo, du wärst sonst durchgedreht!"
„Genau!"
„Und jetzt schnell in die Babybadewanne, damit die Pfote wieder sauber wird."
„Das darf nicht wahr sein! Diese Demütigung! Wie ein begossener Pudel! Ich bin Terrier!"
Um Leo das Laufen zu ermöglichen, haben wir ihm Einweghandschuhe über den Verband gezogen. Die Pfote wird trotzdem nass. Der nächste Versuch: Haushaltshandschuhe, kleinste Größe. Sie sind zu schwer und fallen trotz festem Gummiband ab. Also: Babysocken mit Laufsohle! Die hal-

ten nicht an Leos schlanken Fesseln. Auch der fachgerechte schwarze Leder-Kunststoffschuh der Klinik tut es nicht. Leo hinkt damit. Er kann nicht mehr. Wir auch nicht.

Zehnter Tag
Leo hat seine Freiheit wieder! Die Pfotenhaut ist noch empfindlich, aber wer denkt bei Spaß und Spiel schon daran! Hinterher wird sie gesäubert, mit der Lupe untersucht und streng bewacht. Lecken verboten! Nachts der Trichter.

Leo nimmt es gelassen: „Dann schlafe ich eben wieder mit diesem durchsichtigen Plastiktrichter wie im Treibhaus. Man gewöhnt sich an alles!"

PS: Was aus dem Elektrozaun geworden ist? Er steht! Leo hat zwei Stromimpulse gespürt und überlebt! Seitdem meidet er die Buchenhecke. Wir konnten den Strom abschalten.

Den Gedanken das Tanzen erlauben

Älterwerden

Den Gedanken das Tanzen erlauben,
dem Herzen das Glauben,
den Beinen das Hüpfen und Springen,
der Stimme das Singen,
den Händen das Spiel mit Farbe und Papier:
So wünsch ich mir
das Älterwerden
für meine Zeit auf Erden.
Auch schöne Feste
und viele Gäste
aus aller Welt,
so hab ich's mir vorgestellt!
Große Wünsche sind gut
und viel Lebensmut.
Doch wie wird das Ganze enden?
Das steht in Gottes Händen!

Geteiltes Glück

Frühstückstreffen in einer kleinen Stadt. Mein Thema lautete: „Älterwerden – Neues entdecken." Beim Abschied Blumen, Honorar und Komplimente. Ich freute mich. Welch ein Glück!

Den Blumenstrauß nahm ich einer alten Frau mit, die ich anschließend im Seniorenheim besuchte. Sie würde bald erblinden, aber noch konnte sie leuchtende Farben gut sehen. Honorar und Erlös vom Buchverkauf reichten gerade für eine medizinische Spezialbehandlung eines 4 Monate alten Kindes. Die Eltern waren glücklich.

Gestern Morgen kam eine Frau aus unserer Straße zu mir in den Garten. Sie weinte, weil sie – tief verschuldet – überhaupt nichts mehr zu essen hatte. Für ihren Hund auch nicht. Ich gab ihr die noch übrig gebliebenen 20 Euro und versprach, mit ihr zur Schuldnerberatung zu gehen.

Das klingt nach Sterntaler, aber ich habe ja nicht mein letztes Hemd oder Brot hergegeben. Es passte gerade alles so gut. Diesmal war es so. Und dies war das größere Glück.

Meine alte Schreibmaschine

Wie sehr ich sie liebe! Wir kennen uns seit gut 25 Jahren, sie ist mein Jahrgang. „Continental" – „Wanderer Werke" steht auf der Klappe, die man öffnet, um ihre Typen zu reinigen. Und links unten auf einem Metallschild: Elberfeld ... Ruf 24214.

Viele unserer Besucher haben sie bewundert, wenn sie die Maschine neben meinem Arbeitstisch entdeckten: „Schön als Dekoration!"

„Nein, nein! Ich schreibe darauf. Bücher, Briefe, alles mögliche ..."

„Wirklich?" Und dann setzten sie sich und probierten es

selbst. Theologen aus Afrika, China, Indien. Dichter und Schriftsteller wie Albrecht Goes. Und alle waren verblüfft, wie leicht sie lief. Spielerisch leicht! Wie gut die Fingerkuppen auf den metallumrandeten Tasten lagen – wie in kleinen Mulden. Sie verstanden meine Liebe zu diesem schwarz glänzenden Wunderwerk mit all den blanken Hebeln, Stangen und Rädern.

Niemals macht meine Maschine Lärm. Wenn ich pausiere, weil es gerade nicht weitergeht, schweigt sie und wartet. Kein lästiger Piep- oder Summton wie bei elektrischen Maschinen. Ich hatte eine solche – für zwei Tage –, dann wurde ich krank. Wir brachten die Maschine zurück. Meine alte Continental lächelte, als ich mich wieder an sie setzte. Sie wusste es. Und sie hat nie Probleme gemacht.

Aber wie lange gibt es noch Farbbänder für sie? Am besten rufe ich bei der Firma Kerling an und bestelle gleich zwanzig Stück.

Meine Maschine wird mich überleben. Wird sie dann vereinsamen, einrosten, verstauben? Auf dem Müll oder im Museum landen? Auf dem Dachboden, wo unsere Urenkel sie finden und an einen Antikhöker verkaufen, um ihr Taschengeld aufzubessern? O nein! In einer nebligen Nacht werden Engel sie in den Himmel holen und auf ihr Liebesbriefe schreiben. Ich weiß auch, an wen!

Grüne Feige

Der Garten im September

Als ich aus dem Haus gehe, freue ich mich über den klaren blauen Himmel. Es ist kühl, aber noch nicht kalt. Die warme Jacke tut gut. Leo zieht an der Leine, aber ich bleibe stehen, um ein paar über Nacht heruntergefallene Kastanien aufzusammeln.

Wie sie glänzen! Ich nehme sie in die Hand und rubbele daran. Der helle Fleck, dort wo sie an der stachelig-grünen Hülle festgewachsen waren, fühlt sich noch feucht und klebrig an. Morgen werden sie schon eintrocknen und schrumpelig sein. Ein kurzes Leben in Glanz und Schönheit!

Zurück zum Haus! In meinem Garten blühen die ersten Strahlenastern: rosa, violett, weiß. Dazwischen die japanischen Herbstanemonen. Die weißen mag ich besonders gern. Sie sind mit ihren gelben Staubfäden wunderschön! Ich freue mich an den leuchtend klaren Farben. Welch eine Pracht, bevor der November kommt und alles in seinem Graubraun verschlingt.

Auch die Rosen an der Pergola blühen noch einmal so übermütig, als wüssten sie, dass es ihre letzte Chance ist vor den Herbststürmen und dem Eisregen. Der Spalierapfelbaum trägt gut in diesem Jahr, seine Äpfel schmecken herrlich.

Auf der Terrasse die australische Fächerblume. Seit Monaten blüht sie, es nimmt gar kein Ende. Ich gehe zum Beet mit den hoch aufgeschossenen Verbenen, die zusammen mit dem roten Sonnenhut und den rosa Blütenständen der Fetthenne ein schönes Farbenspiel ergeben. Auch Katzenminze und Schafgarbe, fast verblüht, beteiligen sich daran.

Jetzt kommt die Zeit der Pfaffenhütchen, die ich wegen ihrer rosa Blüten mit dem orangefarbenen Kern so sehr liebe. Direkt dahinter der Zierapfelbaum, dessen Früchte erst blassrosa sind. Den ganzen Winter über werden sich die Amseln davon ernähren.

Ich nehme die kleine lachsfarbene Rose mit ins Haus für meinen Schreibtisch. Sie soll nicht verblühen, ohne dass ich ihr gesagt habe, wie schön sie ist. Die Kastanien lege ich ihr zu Füßen. Wie wunderbar, von so viel Schönheit umgeben zu sein!

Nachdenken, noch einmal neu!

National Geographic wirbt für ein Afrika-Heft mit der Aufforderung: „Africa – whatever you thougt, think again!"

Was auch immer du über Afrika gedacht haben magst, denk noch einmal neu darüber nach! Vielleicht kommst du zu einem anderen Urteil, zu anderen Ansichten und Einsichten, und es kommt sogar Zuversicht dabei heraus.

Neu über ein fernes Land oder über Menschen in der Nähe – möglicherweise über uns selbst – nachzudenken birgt immer auch ein Risiko. Aber ohne solche Bereitschaft stirbt alle Lebendigkeit. Dann gibt es nur noch vorgefasste Meinungen und schnelles Verurteilen.

Ich weiß gar nicht mehr, worum es ging, aber als unsere Tochter Susanne in der dritten oder vierten Klasse war, sagte ihre Lehrerin einmal wohlmeinend: „Wir kennen doch unsere Susi!" Es sollte verständnisvoll klingen, war aber ein endgültiges Urteil: „So ist sie und so bleibt sie!" Keine Chance, sich zu ändern. Festgenagelt.

„Denk noch einmal ganz neu nach!"

Bei einem Streit, zum Beispiel, könnte ja der andere recht haben! Feste Ansichten geben Sicherheit, aber es ist totes Kapital!

Ich denke an einen Menschen, der sein Leben lang auf einer Pritsche lag, weil er immer dachte: Das ist so und bleibt so: Ich kann nicht aufstehen. Bis eines Tages ein Wanderprediger an dem Teich mit Heilwasser, wo er lag, vorbeikam und ihn ansprach. Er hörte seine Klagen an. Aber dann sagte er – ganz ohne Mitleid: „Steh auf! Geh! Beweg dich!"

Welch eine Zumutung für einen Lahmen! Aber der Mann stand auf. Er konnte gehen, sogar seine Pritsche tragen. Aus der Zumutung Jesu war ihm so viel Mut zugekommen, dass er aus seiner Lähmung und Resignation aufstehen konnte. Welche Gedanken ihm wohl beim Gehen gekommen sind? Bestimmt ganz neue.

Zurufe und Zumutungen reißen mich heraus aus erstarrtem Leben, aus dem, was ich immer schon gedacht habe. Sie führen ins Freie, mich selbst und andere Menschen.

Wie ein Film

Als ich heute Morgen aufwachte, dachte ich – noch halb im Schlaf: Wie anders war mein Leben vor 50 Jahren!

Als ich gut zwanzig war, beschloss ich (nach den ersten drei Studiensemestern in Kiel), nach Zürich zu gehen.

Dort gab es vielgerühmte, bedeutende theologische Lehrer, auch große Germanisten. Es gab das Schauspielhaus. Es gab Berge und Skitouren. All das lockte mich.

Ich stieg in den Zug und fuhr los – ungesichert (kaum Geld), unbelastet (kleiner Koffer), unbekümmert. Bei einer Freundin konnte ich auf einer Luftmatratze schlafen, bis ich ein Zimmer gefunden hatte. Ich wollte am Zürichsee wohnen. Wenn schon, denn schon! Und ich fand auch ein Zimmer mit der Bedingung, dass ich die großen Blattpflanzen der Villa versorgte und entlauste und den Sohn des Hauses (der ein Bein gebrochen hatte) in Französisch unterrichtete. Warum nicht? Ich zog ein.

Das Zimmer war so lang wie mein Bett und so breit, dass ein Tisch daneben stehen konnte. Rechts ein eingebauter Kleiderschrank, gegenüber vom Tisch das Waschbecken. Schob ich den Stuhl unter den Tisch, konnte ich mich in der Mitte des „Raumes" einmal um mich selbst drehen. Ich sagte den Freunden (was nicht stimmte!): „Wenn ich mir meinen Mantel anziehen will, muss ich das Fenster aufmachen." Es war eine Dienstmagdkammer. Am Fußende des Bettes gab es ein eingebautes Bord mit Vorhang, hinter den Anni, ein Hausmädchen aus Bayern, mir manchmal übrig gebliebenes Essen stellte.

Mit meinen Französischkenntnissen war ich schnell am Ende, aber zum Glück heilte auch das gebrochene Bein in gleichem Tempo. Ich konnte meine ganze Aufmerksamkeit nun auf die Pflanzen richten. Das war auch gut, denn für jede noch vorgefundene Laus sollte ich zehn Rappen zahlen (Was nicht vorkam!). Im Zürichsee zu schwimmen, war herrlich. Auch die Schokodüfte der Lindt- und Sprünglifabrik schräg gegenüber liebte ich sehr. Die Vorlesungen und Seminare begeisterten mich. Es gab Berg- und Skitouren, sogar Jobs! Ich war Softeisverkäuferin, Putzfrau in einer Klinik, während der Ferien Aussteuervertreterin im Saarland, Englischlehrerin an einem Maturitäts-Institut. Und schließlich erhielt ich ein Stipendium, was das Leben sehr erleichterte.

Nach den drei Jahren in Zürich, studierte ich noch ein halbes Jahr in Neuchâtel, was meinen Sprachkenntnissen auf die Sprünge half. Dann ging's nach Tübingen, wo ich Hebräisch nachholte und auf Volltheologie umsattelte, nachdem ich Germanistik und Philosophie abgeschlossen hatte. Dort lernte ich meinen Mann kennen, der auch Theologie studierte. Wir zogen nach Göttingen und Kiel, heirateten, machten gemeinsam das Examen und Vikariat. Mit unseren zwei Kindern flogen wir nach Papua Neuguinea – ein großer Schritt in die unbekannte Welt des Südpazifik. Es folgten sieben Jahre Missionsarbeit. Zwei weitere Kinder wurden in Sydney geboren: Micha und Isabel.

Als wir dann mit unseren Kindern nach Deutschland zurückkamen, waren wir fast vierzig. Das weitere Leben lief in geregelteren Bahnen: Kindergarten, Schule, Elternabende („Geh nicht hin, du machst alles noch schlimmer!"), Abitur und Studium der Kinder. Eine anstrengende, aber glückliche Zeit. Und dann waren alle Kinder aus dem Haus, übrig geblieben die Eltern und der Hund.

Wie konnten wir so sorglos-zuversichtlich, so mutig sein und immer hoffen, dass alles gutgehen würde? Heute bin ich viel besorgter, abwartender, ängstlicher, zögernder und langsamer – eigentlich schade! Aber langweilig ist das Leben auch jetzt nicht. Es gibt ja immer noch Reisen, Vorträge, Bücher, neue Menschen, gute Freunde und wunderbar warme Herbsttage.

Das alles lief wie ein Film vor mir ab – innerhalb weniger Minuten. Aber dann war es auch Zeit, aufzustehen, Kaffee zu kochen und den Tisch fürs Frühstück zu decken.

Meine Mutter

Heute wäre meine Mutter 99 Jahre alt geworden, sie starb aber schon kurz vor ihrem 58. Geburtstag.

Fast hätte sie unseren ersten Sohn, Johannes, noch gesehen. Ich brachte ihn in einer Tragetasche ins Krankenhaus und war schon an der Zimmertür, als eine Schwester mich zurückschickte. Dabei hatte meine Mutter gar nichts Ansteckendes. Es war Krebs im letzten Stadium.

Ich konnte ihr noch sagen: „Unser Baby ist vor der Tür bei seinem Vater. Es geht ihm gut. Mir auch!" Ihre Antwort: „Ja ... schön! Aber ich kann mich gar nicht mehr freuen ... keine Kraft mehr!"

Das tat weh. Ich brauchte ihre Mitfreude. Eine Weile konnte ich noch bei ihr auf dem Bett sitzen, sie streicheln und ihr zum Abschied einen Kuss geben. Dann wurde die Erschöpfung zu groß. Ich ging.

All die Pläne, die sie noch hatte, waren verblasst. Einmal hatte sie noch versucht, aufzustehen und nach Hause zu gehen, um Krankheit und Tod zu entfliehen. Aber sie schaffte es nicht mal bis zur Tür. Wie gern wäre ich öfter und länger bei ihr gewesen, aber das Krankenhaus war 150

Kilometer entfernt, und wir hatten ein neugeborenes Baby. Geburt und Tod lagen so nah beieinander. Ich konnte beides gar nicht ganz fassen.

Sie wäre eine sehr liebevolle Oma gewesen. Mich nannte sie, als ich klein war „mein Tüke" (mein kleines Küken). Ich höre noch ihren Tonfall, ihre Stimme. Die liebevollen Worte und Momente sind es wohl, woran Kinder sich am deutlichsten erinnern. Meine Mutter konnte sich trotz der schweren Kriegsjahre, in denen sie meinen Bruder und mich allein aufzog, sehr ausgelassen freuen. Als ihr Mann, unser Vater, den wir nicht kannten, aus der Kriegsgefangenschaft zurückkam, war er krank. Er blieb krank. Sie war es, die das Geschäft aufbaute, Großeltern und Kinder versorgte und sich um alles kümmerte. Wenn ich an sie denke, durchströmt mich ein Gefühl der Wärme, aber auch der Traurigkeit. Wie schade, dass sie unsere Kinder nicht mehr gesehen hat!

Eine Woche nur

Es ist unglaublich, wie Tiere, Pflanzen und Dinge sich verändern, verselbstständigen und vielleicht auch erholen, wenn wir nur eine Woche „mal weg" sind!

Der Eichelhäher hüpft auf dem Gartentisch herum – so selbstverständlich, ganz unbesorgt –, als sei dies schon immer sein Revier gewesen, obwohl ich ziemlich nah an ihm vorbeigehe. Das sonst so scheue Rotkehlchen tritt viel selbstbewusster auf. Nur dem Hibiskus geht es nicht gut, er ist nicht gern allein. Blätter und Knospen hängen, obwohl die Erde feucht ist. Ich biete ihm an: „Komm, du darfst auf meiner Fensterbank stehen. Du wirst es schon schaffen!" Am nächsten Morgen strotzt er vor Kraft – wie immer! Es ist ja nicht irgendein Hibiskus, sondern eine große, kräftige Pflanze, fast ein kleiner Busch, den meine Familie mir in Südfrankreich zum Geburtstag geschenkt hat ... vor fast vier Jahren!

Der Stabilo-Stift von meinem Schreibtisch hat sich auch verändert. Nein, ausgetrocknet ist er nicht, aber er schreibt nun plötzlich in doppelten Linien. Ich denke, Felicitas (3), die mit Bruder und Eltern ein paar Tage in unserem Haus war, hat ihn zu intensiv mit Papier in Berührung gebracht.

Als ich unsere Kinder anrufen will, muss ich über deren Telefonnummer – sonst auch in tiefster Nacht präsent – erst ein paar Sekunden nachdenken.

Meine hohen Federastern im Garten haben gerade in dieser Woche ihr blühendes Leben beendet. Als ich traurig bin, meinen sie: „Du warst nicht da! So fiel uns der Abschied leichter. Wir kommen ja wieder!"

Als ich das zusammengeharkte Laub unter die schon kahle Magnolie schütten will, sehe ich die erste strahlend weiße Christrose. Eine neue Jahreszeit hat begonnen, der Herbst ist zu Ende. Gestern noch der warme Sand Sardiniens, heute sprießt die erste Christrose aus kalter Erde.

Komm in unser dunkles Herz

Schon so oft hatte der alte Herr Wentorff am Telefon gefragt: „Wann besuchen Sie mich?"

Meine Antwort hieß in den ersten Wochen nach meiner Sehnenoperation am Bein immer: „Sobald ich kann. Ich darf noch keine Treppenstufen gehen!" Aber jetzt bin ich da.

Als er – auf seinen Gehwagen gestützt – die Tür öffnet, denke ich: Er ist in den letzten Monaten um Jahre gealtert, aber doch noch ganz präsent mit seinen 96 Jahren! Er hört schlechter und sieht nur noch ganz wenig. Die Unterhaltung ist mühsam ohne Hörgerät, das er ablehnt. Ich spreche langsam, laut und deutlich. Er fragt nach unserer Arbeit und Familie. Ich antworte. Er schneidet sofort ein neues Thema an. Es gibt keinen Zusammenhang mehr.

Er spricht – wie immer – von seiner vor sechs Jahren verstorbenen Frau und hat Tränen in den Augen. Einsamkeit tut weh. Ihr großes blaues Schultertuch liegt auf der rechten Sofalehne, wie sie es hat liegen lassen, als man sie ins Krankenhaus brachte. Keiner durfte es anrühren, auch die Putzfrau nicht.

Herr Wentorff berichtet von seinen Kindern und Enkeln, auf die er stolz ist. Als ich nach einer guten Stunde aufstehe, um zu gehen, senkt er den Kopf und faltet die Hände. Er betet einen Vers aus dem Lied: „Komm in unsre stolze Welt …"

> *„Komm in unser dunkles Herz,*
> *Herr, mit deines Lichtes Fülle;*
> *dass nicht Neid, Angst, Not und Schmerz*

deine Wahrheit uns verhülle,
die auch noch in tiefster Nacht
Menschenleben ..."

Dann schwieg er. Wusste er nicht weiter? Doch, er wusste, wie es weiterging, aber es fiel ihm schwer, das nun Folgende auszusprechen: „... *herrlich macht.*"

Der lange mühsame Tag – herrlich? Er wollte es glauben, auch wenn er nichts von dieser Herrlichkeit spürte. Schon gar nicht täglich. Aber all die Jahre, in denen er Gottes Treue erfahren hatte, ließen ihn das Gebet zu Ende sprechen.

Herrlich? Nein, das war es nicht. Aber Gott ging mit. Auch jetzt.

Nicht mehr lieben können

In ihrem Buch „Erfahrungen mit Gott" sagt Marie Noël: „Ich liebe niemanden mehr auf der Welt. Ich kann nicht mehr. Andere verlieren mit dem Altwerden das Gehör oder die Sehkraft. Ich aber verliere die Liebe. Ich werde hart und schrumpfe. Ausgetrocknet bis zur Erschöpfung meines Ichs: ein Skelett aus Pflicht, ohne Fleisch und Herz. Wo ist dieses übersprudelnde Herz, dieser Brunnen Gottes, aus dem so viel Zärtlichkeit geflossen ist? (...) Jetzt bin ich ausgetrocknet und kann nicht wieder zur Quelle werden. Aus Gewohnheit bin ich weiter gut, aber es ist eine müde Güte ..."

Gott ist größer als unser Herz – das uns anklagt – und er kennt und weiß alle Dinge. Er nimmt all das Stückwerk, das Zerbrochene und Nichtgelungene in seine Hände und macht ein Ganzes daraus.

Einmal wird auch das Nicht-mehr-lieben-Können aufhören, wenn Gott uns in seine Arme nimmt.

Den Gedanken das Tanzen erlauben

Die halbe Stunde am Morgen zwischen dem ersten Wachwerden (Welcher Tag ist heute? Was ist dran?) und dem Aufstehen ist für mich eine wunderbare Zeit. Ich spiele mit allen möglichen Gedanken und erlaube ihnen das Tanzen: Was könnte ich heute zum Beispiel lesen oder schreiben? Mit wem telefonieren, wen besuchen? Was kochen oder backen? Und dann bin ich von all den Ideen so begeistert und voll Freude, dass ich aus dem Bett komme, als hätte ich eine Sprungfeder in mir.

Was ich dann wirklich tue, richtet sich auch nach dem Wetter, nach unvorhersehbaren Unterbrechungen, Anrufen, Anfragen und all den kleinen Handgriffen, die im Haus zu tun sind. Da die Hamburger Temperaturen sich seit Wochen zwischen plus und minus ein Grad Celsius bewegen, ist im Garten – meiner größten Leidenschaft – leider noch nichts zu machen.

Vielleicht sollte ich das Bücherbord mal aufräumen? Aber – ich weiß schon – wenn ich das eine oder andere Buch herausgezogen habe, werde ich mich „festlesen", einen Stuhl heranziehen und Zeit und Stunde vergessen, bis die Tür aufgeht und eine ganz andere Frage im Raum steht, nämlich: „Was gibt's heute zu Mittag?" Kein Problem, ich bin eine schnelle Köchin – auch ohne Mikrowelle, die sich eines Tages aufblähte und durch entschlossenes Steckerziehen gerade noch am Explodieren gehindert werden konnte. Seitdem geht es auch ohne. Heute Mittag zum Beispiel gibt es Lachsschnitzel mit Meerrettich, Zuckerschoten und Maiskörner. Als Nachtisch gemischte Beeren mit Vanillesoße. Alles zum Auftauen vorbereitet. Es kann in guten zehn Minuten serviert werden!

Übrigens: Heute Morgen hatte ich mir in meiner „Gedankentanzstunde" vorgestellt, ich könnte meine Querflöte mal wieder auspacken und ein paar Lieder und einfache Stücke spielen. Ob Finger und Lippen sich erinnern – nach all den Jahren, in denen immer andere Dinge Vorrang hatten? Oder ich könnte in den großen Fotoalben blättern und in Erinnerungen schwelgen: all die Kinderfotos, Ferienschnappschüsse, Kreuzfahrtbilder …

Auf jeden Fall werden Jutta und ich nachher mit unseren Hunden über die stoppeligen Maisfelder laufen. Und wenn es dann wieder so scheußlich nasskalt ist, gehen wir etwas schneller und freuen uns schon auf den heißen Kaffee hinterher (mit Sprühsahnehäubchen!).

Den Gedanken das Tanzen erlauben – das betrifft nicht nur Garten und Haus, Mann und Maus, Kochen und Lesen, und das wär's gewesen … Nein, ich stelle mir manchmal vor, wie es wohl sein wird, wenn es keine Schmerzen und Tränen mehr gibt, wenn alles Freude ist, weil Gott uns das ja versprochen hat. Wenn er uns an seinen Tisch einlädt zu einem Fest ohne Ende. Und wenn wir Menschen aus allen Nationen „sehen" werden. Auch alte Freunde? Karl Barth wurde einmal gefragt: „Werden wir im Himmel all unsere Lieben wiedersehen?" Seine Antwort: „Ja. Aber die anderen auch!"

Einmal werden die Lahmen tanzen und die Traurigen lachen. Dann wird die taubstumme Frau aus unserer Straße hören und singen können, überwältigt sein von herrlicher Musik. Ich bin sicher: Die Engel werden ein Lied singen – nur für sie, weil sie so viel entbehren musste.

Koala und Wombat

Achtzehn Jahre lang hatten wir uns nicht gesehen, aber als Catherine und John, unsere australischen Freunde, in Altona aus dem Zug stiegen, erkannten wir sie sofort und liefen ihnen entgegen. Sie ließen Rucksack und Taschen fallen. Wir umarmten uns. Es war, als wären wir immer zusammen gewesen: so herzlich, nah und vertraut.

Die letzten zwei Tage ihrer Weltreise wollten sie bei uns in Hamburg verbringen. In den Wochen davor hatten sie Rom und die Dolomiten erforscht, andere Freunde im Süden besucht, nun waren sie hier! Wir setzen uns zum Lunch, kamen aber vor lauter Fragen und Erzählen kaum zum Essen. Ob wir mit einem Becher Kaffee in den Garten gingen oder auf einem Schiff über die Elbe fuhren – wir redeten miteinander. Die Zeit rannte nur so.

Beim Elbspaziergang sprachen wir über Kinder und Enkel, über uns und unsere Arbeit, über Kirche und Gemeinde. Natürlich auch über Krankheiten und das Älterwerden.

John – der dankbarste Mensch, den ich kenne und ein Meister darin, Komplimente zu machen – fand es „wunderbar", an der Elbe spazieren zu gehen, obwohl es durch den Wind etwas ungemütlich war. Es sei herrlich, unbeschreiblich schön, hier zu sein! Ich habe das Wort „beautiful" in den letzten zehn Jahren nicht so oft gehört wie an diesen zwei Tagen. Es ließ sich noch steigern durch: „most beautiful", „absolutely beautiful" und „fantastic".

Am letzten Morgen, kurz vor der Abfahrt zum Flughafen, fragte John: „Habt ihr ein Blatt Papier und einen Stift?"

„Klar!" (Ein Milchladen hat ja auch Milch!)

Er bedankte sich für alles. Und dann schrieb er uns ein Wort auf, das ihm selbst viel bedeutete – gerade in schwierigen, mühsamen Zeiten. Er schrieb:

„Andere Götter sind stark,
aber du, unser Gott, bist schwach.
Sie ritten auf Pferden,
du bist auf deinem Weg zum Ziel gestolpert.
Zu unseren Wunden kann nur ein
verwundeter Gott sprechen.
Du allein!"

Nun sind die beiden wieder zurück in Melbourne. Kaum, dass sie die Koffer im Haus hatten, rief Catherine an, um zu sagen: „Wir sind sicher gelandet. Nochmals Dank für alles ..."

Ich freue mich noch an all den schönen Dingen, die sie uns mitgebracht haben. Von ihrer Italientour Olivenöl und Parmesankäse, Schinken und Melonenlikör. Australische Socken aus Merinowolle und Baumbärfell, wunderbar warm! Kleine Koalas und Wombats für die Enkelkinder, kuschelige Schmusetiere ...

In vier Wochen werden wir sie anrufen und sagen: „Das Olivenöl ist alle! Wann kommt ihr und bringt neues?" Dann werden sie antworten: „No problem! Wir haben Isabel ja zu uns eingeladen, sie bringt euch neues mit!"
Welch ein Glück, Freunde zu haben. Und Olivenöl!

Heilende Hände

Ende Oktober verbrachten wir eine Woche auf Sardinien. Ich war fasziniert. Nach jeder Kurve wieder neue Felsformationen, oft mit Halbkugel-Löchern, als wären einmal härtere Steine aus noch weichen Erdmassen herausgespült worden.

Die Berghänge waren bedeckt von Macchiagestrüpp, Zwergkiefern und Korkeichen. Auf den Höhenzügen lagen riesige Granitbrocken, gehalten nur durch ihr eigenes Gewicht. Stabil auch in Schräglage. Zwei Felsen standen sich gegenüber – wie Murmeltiere, die sich viel zu sagen hatten.

Wir genossen die fast leeren kleinen Sandstrände und das glasklare Wasser – gerade noch warm genug für ein kurzes Bad. Auf dem Sandboden unzählige Fische, silbrig mit schwarzen Streifen auf dem Rücken. Zum Greifen nah. Und auch hier: glattgespülte Felsen, die mich zwei Filme kosteten. Aber auch hundert wären angemessen gewesen.

Nach ein paar Tagen im Direktflug zurück nach Hamburg. Unser nächster Urlaub? Sardinien – obwohl ich Wiederholungen nicht mag. Ich habe Angst, es könnte nicht wieder so schön sein wie beim ersten Mal. Aber wir möchten den Süden und die Westküste sehen, auch die höher gelegenen Regionen und Dörfer.

Es war schön, wieder zu Hause zu sein – wie jedes Mal. Ein paar Wochen später hatte ich dann einen seltsamen Traum. Beim Aufwachen fühlte ich mich ganz entspannt. Mein Mund lächelte noch. Ein Wohlgefühl, von dem ich wünschte, es möge bleiben ... ein paar Minuten noch. Ich wagte kaum, mich zu bewegen, um dieses Glück nicht zu vertreiben.

Von einem sehr alten Mann hatte ich geträumt, der mir erzählte, er habe elf Jahre in der Hochebene von Sardinien als Arzt gearbeitet. Er hielt mir ein Foto hin, das einen kahlen Hügel zeigte, auf den ein Weg zu einem Haus hochführte – Säulen zu beiden Seiten. Dort habe er gelebt und als Heiler gewirkt, erklärte er mir. Von überall her seien Menschen zu ihm geströmt. Er habe ihnen seine Hände aufgelegt, und dann seien die Schmerzen aus den Menschen herausgeflossen. Tiefe Entspannung und Frieden habe sie erfüllt. Nichts habe ihnen mehr wehgetan. Dann legte er – in meinem Traum – seine Hände auch auf mich. Die Rückenschmerzen verließen mich, alle Anspannung war gewichen. Ich konnte mich frei bewegen.

Wer war dieser Arzt? Ich kannte ihn nicht. Sein Gesicht – alt und zerfurcht – war ganz ruhig. Er sprach leise und sehr langsam.

Irgendwann stand ich auf. Das Wohlgefühl blieb. Unter der heißen Dusche dachte ich: Wie merkwürdig! Gibt es denn so etwas wie heilende Träume, „Nachtgesichte", die Gott uns schickt? War es sein Frieden, der mich ganz ausfüllte und ohne Anspannung sein ließ? Ein Vorgeschmack davon, wie es im Himmel sein wird?

Wind oder Engelsgesang?

Die Schneekönigin

Hans Christian Andersen erzählt in seinem Märchen von der Schneekönigin von einem teuflischen Spiegel, der in winzige Stücke zerspringt. Die Scherben geraten den Menschen in die Augen, sodass sie alles „verkehrt" sehen. Sie können das Gute nicht mehr wahrnehmen, sondern nur noch das, was bei einer Sache oder einem Menschen nicht in Ordnung ist.

Vielleicht gelingt es in der Advents- und Weihnachtszeit, das Gute stärker und *vor* allem anderen wahrzunehmen – und dann liebevoller miteinander zu sein, etwas von Gottes Freundlichkeit weiterzugeben. Jedenfalls manchmal. Gott hat doch versprochen, uns ein neues Herz und einen neuen Geist zu geben.

Felicitas (3), unsere Dresdener Enkelin, stellte sich einmal vor ihre Mutter hin und sagte: „Mama!!! Wann ist endlich Weihnachten? Ich hab schon so viel Freude!"

Und als es dann Weihnachten war und sie uns besuchte, platzierte sie sich vor den Weihnachtsbaum und sang: „Schneeföckschen, Weißröckschen, wann kommst du geschneit? ..." Wenn so viel Schnee nicht das Herz erwärmt!

Außer dem Schnee ist wohl Freude das Wichtigste. Freude braucht Zeit und Ruhe. In der Hetze gedeiht sie nicht. Sie ist nicht machbar, aber man kann ihr die Hand hinhalten und sie zu sich einladen.

Freude hat viele Gestalten: Sie kann mit einem Lied kommen, mit einem Brief, einem Kind, einem Besuch, oder durch ein anderes Himmelsgeschenk, sodass auch wir sagen: Wann ist endlich Weihnachten? Ich hab schon so viel Freude!

> *„Gott ist zu einem Kind geworden.*
> *Der leichteren Seite des Lebens zugeneigt sein,*
> *heißt nicht schlecht sein;*
> *auch ist diese Neigung nicht ein Zeichen dafür,*
> *dass keine Tiefe vorhanden ist:*
> *Der Ozean hat ein Ufer."*
> OSWALD CHAMBERS

Ein Gott, der Tränen sieht

Weihnachtsoratorium in der Petrikirche Altona. Die Aufführung ist kostenlos, darum überfüllt. Es gibt nur noch Stehplätze. Aber alle bleiben. Sie lehnen sich an die rote Backsteinwand oder an die Säulen. Ein jüngerer Techniker schiebt mir seinen Klappstuhl hin, den er für sich selbst unter dem Tisch versteckt hatte.

Bei der Arie: „Schlafe, mein Kindlein … in seliger Ruh" fängt die Frau neben mir an zu weinen. Sie tupft die Tränen weg. Warum weint sie? Vielleicht hätte sie gern ein Kind, dem sie solch ein Lied singen könnte?

Auch mein Herz weint. Musik löst all das Verhärtete und Verdrängte. Und dann kommt das wunderbare Duett: „Herr, dein Mitleid, dein Erbarmen tröstet uns und macht uns frei …"

Gott sieht unsere Tränen – auch die nach innen geweinten – und leidet mit. Er wird sich über uns erbarmen. Einmal wird alles Freude sein.

Unser Rotkehlchen

In unserem Garten unter der Buchenhecke lebt ein Rotkehlchen. Es ist sehr scheu, wenn es herauskommt und nach Körnern sucht. Seine Angst vor Meisen und Menschen ist groß. Schnell flieht es in den Schutz der Hecke.

Heute Morgen wollten wir unseren Tannenbaum schon einmal vom Nylonnetz befreien, damit die Zweige sich ein wenig ausbreiten konnten. Als wir die Maschen aufschnitten, saß das Rotkehlchen keinen halben Meter von unseren Füßen entfernt. Es hüpfte um uns herum und setzte sich auf den Rand der Vogeltränke, deren Wasser bis auf den Boden durchgefroren war. Es hatte Durst.

Ich holte eine Schale Wasser aus der Küche und ging ins Haus zurück, um nicht zu stören. Sofort kam das Rotkehlchen unter dem Gartentisch hervor und trank. Sein Durst muss sehr groß gewesen sein. Noch nie hatte es sich so nah an uns herangewagt. Wenn wir uns hinter den Scheiben der Veranda beim Zeitunglesen auch nur ein klein wenig bewegten, huschte es gleich weg.

Heute – am Tag vor Weihnachten – schien es seine Angst vergessen zu haben. Jesajanischer Friede zwischen Tier und Mensch? Mein Glück war groß. Vielleicht wird es, wenn Lamm und Löwe einmal beieinander liegen, so sein, dass sich unser Rotkehlchen streicheln lässt und uns ein Lied singt?

Ein Lied reist um die Welt

Weihnachtsfeier in der Missionsakademie. Die Studienleiter hatten sich zusammen mit den Studierenden aus Übersee etwas ganz Besonderes ausgedacht: Sie wollten ein Weihnachtslied, das hier in Deutschland gesungen wurde, um die ganze Welt reisen lassen und sehen, wie es sich veränderte. Wie klang es zum Beispiel in Afrika? Es handelte sich um das Lied: „Es ist für uns eine Zeit angekommen, die bringt uns eine große Freud ..."

Die afrikanischen Studenten sangen und tanzten begleitet von Trommelwirbel. Es ging ja um Freude. Dann kam das Lied über Berge und Meer – nach Indien. Drei Inderinnen, in ihre schönsten Saris gekleidet, bewegten sich zu einer ihnen vertrauten Weihnachtsmelodie. Sie strahlten vor Freude. Weiter reiste das Lied nach Südamerika und China. Weltweite Weihnachtsfreude! Anschließend ein wunderbares Essen dann und interessante Gespräche.

Ich saß mit drei Chinesinnen am Tisch. Wir waren wohl die Letzten, die an diesem Abend gingen. An der Garderobe wollte ich nach meinem Mantel greifen, aber er war nicht da. Nur ein schwarzer Mantel hing noch am Ende der Stange. War mein Mantel vertauscht worden – im Dämmerlicht der Flurlampe? Er war ganz neu und ich liebte ihn sehr.

Weil es spät war, fuhren wir erst mal nach Hause. Am nächsten Morgen telefonierte die Sekretärin überall herum: „Haben Sie gestern Abend versehentlich einen falschen Mantel mitgenommen?" Alle sagten: „Nein!" Der Verlust schmerzte. Gerade dieser Mantel war so wunderbar leicht und warm.

Am Tag vor Weihnachten fuhren wir eben noch in die Akademie, um ein paar Bücher zurückzugeben. Ich ging natürlich zuerst zur Garderobe. Dort hing immer noch am Ende der Stange der schwarze Mantel. Ich nahm ihn und ging vor die Tür ins Tageslicht. Da wurde der schwarze Mantel auf einmal braunviolett, auberginefarben. Kein Zweifel, es war mein Mantel! Ich zog ihn sofort an. Welch ein wunderbares Weihnachtsgeschenk!

Die Energiesparlampe hatte mich getäuscht. Nachts sind alle Katzen grau und alle Mäntel offenbar schwarz – jedenfalls die dunklen Farben. Ich trage bei Abendveranstaltungen jetzt meinen orangefarbenen Wollmantel. Den erkenne ich auch in finsterer Nacht.

Ein Lied reiste um die Welt, aber der Mantel blieb bei der Stange.

Der leuchtende Fußtritt eines Engels

Ich war mir sicher, dass der Gedichtband von Robert Gernhardt sich in unserem Drehständer befand. Graublauer Rücken, also ganz einfach zu finden. Es gab auch nur ein solches Exemplar. Ich zog das Buch heraus, aber es war nicht das gesuchte Werk, sondern „Weltgedanken und Gedankenwelt" von Jean Paul. Ein alter Band, vergilbt, zerlesen, vermutlich aus dem Bücherschrank meines Vaters.

Ich blätterte darin. Gleich zu Anfang waren ein paar Zeilen dick unterstrichen. Vielleicht hatte dieser Satz meinem Vater gefallen, weil er ihm zustimmen konnte?

„Man kann die Menschen gar nicht oft genug von hinten sehen, weil ein Menschenrücken durch den Schein von Abwesenheit mehr Mitleid und weniger Hass mitteilt als Gesicht, Brust und Bauch."

Ansichtssache! Was mich stärker berührte, war Folgendes: „Ohne Lächeln kommt der Mensch, ohne Lächeln geht er, drei fliegende Minuten lang war er froh. Der Mensch hat hier dritthalb Minuten: Eine zu lächeln, eine zu seufzen und eine halbe zu lieben, denn mitten in dieser Minute stirbt er. Aber das Grab ist nicht tief, es ist der leuchtende Fußtritt eines Engels, der uns sucht."

Letzten Sonntag war Ewigkeitssonntag. Manchmal passen Dinge einfach zueinander. Und das nur deshalb, weil ich einen Gedichtband nicht fand. Warum bloß nicht? Er hatte einen grünen Rücken! Und stand da, wo ich ihn vermutet hatte, oben rechts.

„Der leuchtende Fußtritt eines Engels, der uns sucht …" Das heißt doch: Keiner geht verloren. Niemand wird vergessen. Der Engel – von Gott gesandt – findet uns und bringt uns dahin, wo es keinen Tod mehr gibt.

Federaster

Die offene Tür

Trauerfeier und Dankgottesdienst für Elisabeth. Die Kirche war bis auf den letzten Platz gefüllt, einige standen. Ich wusste nicht, dass sie so viele Freunde hatte, Menschen, mit denen sie sich freute, und solche, mit denen sie litt und deren Namen sie vor Gott nannte.

Vier Tage vor ihrem Tod gab es an ihrem Bett noch eine Abendmahlsfeier mit dem Psalmwort: „Meine Seele ist stille zu Gott, der mir hilft." Elisabeth hatte leise die Worte wiederholt: „… der mir hilft." Es war das Letzte, was sie sagen konnte.

Nach dem Gottesdienst dann der lange Trauerzug zum Grab. Die Menschen hielten – schweigend und frierend – ihren Blumengruß dicht an die Mäntel gepresst. Sie warteten geduldig, bis sie an der Reihe waren, eine Handvoll Erde und eine Blume auf ihren Sarg gleiten zu lassen. Im Herzen Dank und Fürbitte.

Das Osterlied: „Christ ist erstanden …" ließ uns wieder aufatmen.

Eine Woche später gingen wir zum Grab, um ein paar Frühlingsblumen und eine Rose einzupflanzen. Aber es gab kaum noch Platz auf dem kleinen Fleck Erde. Die Blumen drängten sich um Elisabeth wie sonst die Menschen. Ich hörte sie sagen: „Nun lasst es doch gut sein, ihr Lieben! Geht nach Hause, ihr erkältet euch!"

Vor ein paar Wochen noch waren wir bei ihr zum Tee gewesen. Sie hatte sich gefreut, uns zu sehen, war aber stiller als sonst gewesen, langsamer in ihren Bewegungen und zögernder, wenn sie sprach.

Ich hatte das Gefühl: Dies ist unser letzter Besuch bei ihr! Als wir spürten, dass sie müde wurde, verabschiedeten wir uns: „Bleib behütet! Und sag uns, wenn wir dir irgendwie helfen können." Schweigend waren wir nach Hause gefahren.

Elisabeth hatte ihren Freunden noch einen Adventsbrief geschrieben. Auf der ersten Seite war die Abbildung eines Wandteppichs, den sie sehr liebte. Er hing bei einer Freundin und hatte als Motiv die Heimkehr des verlorenen Sohnes. Darunter stand: „Die Tür ist offen!"

Die offene Tür zum himmlischen Festsaal war es, die sie schon immer so erfreut hatte. „Dorthin", so schrieb sie, „hat Christus uns eingeladen, um sein großes Freudenfest mit uns zu feiern." Sie schloss ihren Brief mit dem Vers:

„Was wird geschehn,
wenn wir dich sehn,
wenn du uns heim wirst bringen,
wenn wir dir ewig singen."

Am Morgen des Heiligen Abend ist sie heimgegangen, nach Hause gegangen – durch die offene Tür. Weihnachten ist seitdem für uns anders geworden als in den Jahren zuvor. Das Fest ist eng verbunden mit Elisabeths Tod. Aber sie will ja, dass wir nicht auf den Tod, sondern auf die offene Tür sehen und singen:

„Heut schließt er wieder auf die Tür
zum schönen Paradeis;
der Cherub steht nicht mehr dafür,
Gott sei Lob, Ehr und Preis."

Wind oder Engelsgesang?

Maria

*Die Nacht ihrer ersten Geburt war
kalt gewesen. In späteren Jahren aber
vergaß sie gänzlich
den Frost in den Kummerbalken und rauchenden Ofen
und das Würgen der Nachgeburt gegen Morgen zu.*

*Aber vor allem vergaß sie die bittere Scham
nicht allein zu sein
die dem Armen eigen ist.*

*Hauptsächlich deshalb
ward es in späteren Jahren zum Fest, bei dem
alles dabei war.*

*Das rohe Geschwätz der Hirten verstummte.
Später
wurden aus ihnen Könige in den Geschichten.
Der Wind, der sehr kalt war,
wurde zum Engelsgesang.
Ja, von dem Loch in dem Dach, das den Frost einließ, blieb nur
der Stern, der hindurchsah.*

*Alles dies
kam vom Gesicht ihres Sohnes, der leicht war
Gesang liebte
Arme zu sich lud*

und
die Gewohnheit hatte, unter Königen zu leben
und einen Stern über sich zu sehen zur Nachtzeit.
BERTOLT BRECHT

Immer wieder musste Maria ihr Kind ansehen, sein kleines, friedliches Gesicht. Der enge Raum der Hütte erschien ihr jetzt weiter und heller. Sie sah nach oben zu den verrußten Balken. Genau da, wo das Loch war und eisige Kälte hineinließ, stand jetzt groß und hell ein Stern. Er tauchte alles in sein Licht.

Maria dachte an die Prophezeiung Bileams: „Ein Stern wird aufgehen aus Jakob (Israel), ein Herrscher wird aufstehen, ein von Gott Erwählter ..." Und natürlich erinnerte sie sich an die Worte des Engels. Wie hätte sie vergessen können, was er ihr sagte? „Einen Sohn wirst du gebären. Jesus soll er heißen, er, der Sohn Gottes, der König sein wird über Israel ..."

Dieser Stern über ihrer Hütte mit seinem hellen Licht – war er ein Zeichen Gottes? Ein Zeichen dafür, dass sich all das Versprochene erfüllt hatte?

Dieser Stern ließ Maria die ganze Erbärmlichkeit des Stalls vergessen, fast auch Kälte und Wind.

„Der Wind, der sehr kalt war,
wurde zum Engelsgesang."

Aber Sterne wandern weiter. Zeichen verblassen. Armut und Dunkelheit bleiben.

Das Kind wuchs heran. Es entfremdete sich von seiner

Mutter, ging eigene Wege, Gottes Wege. Bei seiner Taufe im Jordan kam Gottes Stimme aus offenem Himmel: „Du bist mein geliebter Sohn, an dir habe ich Wohlgefallen."

Aber den Mensch gefiel nicht, was Jesus sagte und tat. Sie nannten ihn Fresser und Weinsäufer, wenn er sich mit Dirnen und Schurken an einen Tisch setzte und feierte. Er feierte Gottes Liebe für die Verachteten. Steine wurden aufgehoben, um den Gotteslästerer und Sabbatschänder zu töten. Aber er ging mitten durch sie hindurch – wie ein König. Er sah in der Dunkelheit einen Stern über sich, das Licht des Himmels.

Noch später, als sie ihn zum Spott mit Dornenkrone und Purpurmantel als König verkleideten, sagte er: „Ihr habt recht! Ich bin ein König. Nicht einer, der Mensch knechtet, sondern der sie frei macht." Und denen, die seinen Weg mitgingen, rief er zu: Ihr werdet das Licht des Lebens haben! Denn Gott hat versprochen: „Über denen, die im Dunkel wohnen, scheint es hell."

> *„Jakobs Stern ist aufgegangen,*
> *stillt das sehnliche Verlangen,*
> *bricht den Kopf der alten Schlangen*
> *und zerstört der Höllen Reich."*
> PAUL GERHARDT

Eine Giraffe an der Krippe

Kinder, Enkel und Verwandte sind wieder abgefahren. Wie schön war der weihnachtliche Trubel! Aber jetzt ist es sehr still im Haus. Gut, dass der Weihnachtsbaum noch dasteht. Mehr breit als hoch füllt er einen großen Teil des Zimmers aus. Er ist noch ganz frisch und grün und hat etwas wärmend Gemütliches, besonders wenn die gelben Honigkerzen brennen.

Freunde, die kamen, um mit uns Epiphanias zu feiern, meinten: „Eure Tanne ist wie eine Frau mit weitem Mantel, unter dem alle Platz haben."

Die Krippe mit all den Figuren stand wegen Leo diesmal nicht auf dem Boden, sondern hoch auf der Fensterbank. Über dem Strohdach leuchtete der kleine Herrnhuter Stern. Das sah sehr schön aus. Es brachte Peter auf den Gedanken, vor dem Kaffee noch ein Lied zu singen: „Wie schön leuchtet der Morgenstern ..." Den vierten Vers liebe ich besonders: „Von Gott kommt mir ein Freudenschein, wenn du mich mit den Augen dein gar freundlich tust anblicken ..."

Und weil es nach Kirschkuchen, Apfeltorte und Sahne zum Spazierengehen schon zu dunkel war, schlug ich vor, dass wir uns in großer Runde ein wenig künstlerisch betätigten. Ich hatte die Krippenfiguren in den Tagen nach Weihnachten neu aus Ton geformt – unter Beteiligung von Kindern und Enkeln – aber die Tiere fehlten noch. Also bat ich unsere fünf Gäste, aus einem Klumpen Ton doch bitte Ochs, Esel, Kamele und Schafe zu machen.

Ihre Verblüffung wandelte sich schnell in Begeisterung.

Warum – anstatt kluge Bücher zu lesen oder zu schreiben – nicht einmal wieder die Hände in weiche Knetmasse stecken und zusehen, was daraus wird?

Christian entschied sich für ein Kamel. Aber der Hals wurde immer länger. „Darf es auch eine Giraffe sein?"

„Klar! Die kann ja ein bisschen vom Strohdach fressen und sieht von so hoch oben besonders gut, was da im Stall passiert."

Kathrins Dromedar war groß und kräftig geraten mit seinen zwei Höckern bereit, alles zu tragen, was die Sterndeuter ihm für den Rückweg aufbürdeten. Der Esel, eher klein und zierlich, stand mit gesenktem Kopf da – so wie Esel eben stehen: geduldig und unverdrossen.

Es war aber noch Ton übrig. Birgit formte daraus eine Maus, weil doch auch die kleinen, nicht so geliebten Geschöpfe zur Krippe kommen dürfen. Ein paar Körner am Futtertrog wird sie finden. Nur Udo war unzufrieden mit seinem Ergebnis: Einen Ochsen wollte er machen, aber dann wurde der Leib immer länger und dünner, und nun sah es eher nach einem Leoparden aus. Aber vielleicht könnte er Herodes abschrecken, wenn er kam, um das Kind zu töten. Anne stellte ihr indisches Rind mit dem Höcker dazu, und beide schienen sich zu vertragen, weil es doch Weihnachten war.

Aus dem geplanten Hund wurde ein Schaf, der restliche Ton formte sich in meiner Hand wie von selbst zu einer Schildkröte. Warum nicht? Sie würde als Letzte ankommen und bei der Krippe bleiben – ein ganzes Schildkrötenleben lang.

Ich bedankte mich für den wunderbaren Krippenzoo

und stellte die Tiere auf ein Tablett. Wenn sie getrocknet waren, würde ich sie mit Plaka- und Acrylfarben anmalen. Wir rollten die Wachstuchdecke zusammen und schütteten die trockenen Lehmkrümel in den Garten. Allen hatte es Spaß gemacht, und ich freute mich, weil wir nun an Weihnachten immer ein paar kleine „Kunststücke" unserer Freunde bei uns haben würden.

***

Ein paar Tage später haben wir den Baum „geplündert", die Glaskugeln vorsichtig in Seidenpapier gewickelt und in ihre Kartons gelegt. Kerzenhalter und Strohsterne waren schnell verpackt, die Äpfel in die Küche gebracht und der Baum, der kaum durch die Verandatür passte, an den Straßenrand getragen.

Bei dieser Prozedur denke ich immer: Wie wird es wohl im nächsten Jahr sein, wenn wieder Weihnachten ist? Werden wir uns alle wiedersehen?

Um Weihnachten noch ein wenig zu verlängern, habe ich wie jedes Jahr aus den Äpfeln, die am Baum hingen, Apfelmus gekocht, das wir mit Milchreis, Zimt und Zucker essen werden. Der Reis kommt auf den Teller, das Apfelmus wie ein Kranz drumherum. Aber das Wichtigste ist die kleine Kuhle in der Mitte für die heiße, leicht gebräunte Butter. Dies warme, herrlich duftende Gericht hat so etwas Tröstendes. Danach kann der Alltag beginnen.

***

Ein koreanischer Student schickte uns diesen Weihnachtsgruß:

„Ich wünsche Ihnen, dass Ihre Kirche wieder die leuchtende Wahrheit des Lebens aus dem Evangelium entdeckt, damit die ganze Welt zum Leben kommt."

Something beautiful

Es war ein stiller, grauer Morgen. Auf den Dächern lag Raureif, als wir uns zum Frühstück setzten. Das Wort für den Neujahrstag stand im Kolosserbrief: „Alles, was ihr tut mit Worten oder mit Werken, das tut alles im Namen des Herrn Jesus, und dankt Gott, dem Vater, durch ihn."

Meine Gedanken wanderten zurück. Als ich vor vielen Jahren in Tübingen studierte und am Fuß des Österbergs in einer kleinen Dachkammer wohnte, hatte ich außer dem Bett, Tisch und Stuhl noch einen kleinen schwarzen Kanonenofen im Zimmer und einen ganz einfachen Plattenspieler mit ein paar Schallplatten. Fast jeden Morgen hörte ich mir genau diese Motette von Heinrich Schütz an: „Alles, was ihr tut …"

Ich hatte damals im zehnten Semester wenig Lust, noch Hebräisch nachzuholen und jeden Tag Vokabeln, Verbformen, Schriftzeichen für die Prüfung zu lernen. Aber die Musik und diese Worte halfen mir dabei. Renate, eine Freundin, half mir auch. Sie kam jeden Tag, fragte Vokabeln ab und schloss dann mit den ermutigenden Worten: „Du schaffst es nie!" So habe ich es denn wohl geschafft.

Als ich jetzt diese Worte hörte, dachte ich: Alles „im Namen Jesu" tun, in seinem Sinne – geht das? Für wen arbeite ich, wenn ich Vorträge halte und Bücher schreibe? Tue ich es „in Jesu Namen" oder einfach, weil ich es doch so gern tue? Weil Applaus, Blumensträuße und Honorare so schön sind? Gott weiß, dass es beides ist: Ich freue mich, wenn ich Menschen ermutigen kann, auf Gott zu vertrauen, von dem all unsere Lebenskraft und Freude kommt. Und natürlich freue ich mich auch über den sichtbaren und hörbaren Dank der Menschen.

Ein Rabbi fragte einmal einen Nachtwächter, der seine Runde durch den Ort drehte: „Für wen arbeitest du? Für wen gehst du?" Der Nachtwächter gab sogleich Auskunft und fragte dann zurück: „Und Ihr, Rabbi, für wen geht Ihr?" Diese Frage hat den Rabbi lange beschäftigt.

Ein paar Tage später hörte ich im Autoradio zufällig Sinéad O'Connor: „I wanna make something beautiful for you … to show you I adore you …"

Etwas Schönes für dich, Gott, möchte ich tun. Etwas, das dich freut. Ich bete dich an, weil du dich auf den Weg zu mir gemacht hast …

Ich stellte das Radio lauter, hörte weiter zu und war beschämt. So etwas hatte ich lange nicht gedacht: etwas zu tun, worüber Gott sich freute? Ihm zu danken, „wozu auch zehntausend Jahre nicht ausreichen würden …"

Was könnte das denn sein? Worüber würde Gott sich freuen? Er, der auch auf mich zugekommen ist durch Menschen, die mir sagten: Jesus ist Licht, Leben und Weg! Ich habe von mir aus nicht nach ihm gesucht. Ich schaltete das Radio aus und sang:

*„Ich lobe meinen Gott von ganzem Herzen,
und ich will erzählen von all seinen Wundern
und singen seinem Namen …"*

Ich sang leise und nicht besonders schön, aber Gott hört auch leise Lieder. Und das Jahr hatte ja gerade erst angefangen. Es gab sicher noch andere Augenblicke für das „Danke!", aber nie würde es angemessen sein, verglichen mit dem, was Gott uns schenkt. Es bleibt Stückwerk. Wie alles.

*„Wenn aber kommen wird das Vollkommene,
wird das Stückwerk aufhören."*
1. KORINTHER 13,10

Kamelie

Quellenangaben

LOTHAR ZENETTI, „Leben liegt in der Luft" aus: ders., In Seiner Nähe. Texte des Vertrauens (Topos Plus 431). © Matthias-Grünewald-Verlag, Mainz 2002, S. 144

ROBERT GERNHARDT, „Noch einmal: mein Körper" aus: ders., Körper in Cafés. © Robert Gernhardt 1987. Alle Rechte vorbehalten: S. Fischer Verlag, Frankfurt am Main

EVA ZELLER, „Bibellesen" aus: Das unverschämte Glück. Neue Gedichte. © 2006 Radius Verlag, Stuttgart

JOCHEN KLEPPER, „In jeder Nacht, die mich bedroht" (Trostlied am Abend) aus: Kyrie – Geistliche Lieder, Luther Verlag Bielefeld

OSWALD CHAMBERS, „Gott ist zu einem Kind geworden ..." aus: Mein Äußerstes für sein Höchstes, Blaukreuz-Verlag Wuppertal

BERTOLT BRECHT, „Maria" aus: ders., Große kommentierte Berliner und Frankfurter Ausgabe, Band 13, Gedichte 3. © Suhrkamp Verlag Frankfurt am Main 1993

Von derselben Autorin

So möchte ich älter werden

112 Seiten
gebunden
2. Auflage
ISBN 978-3-7655-1963-5

Wie möchten Sie älter werden? Hanna Ahrens erzählt von ihren Erlebnissen und Erfahrungen in der zweiten Lebenshälfte: über Enkelkinder, neue Hobbys und Passbilder, nach denen man sich plötzlich zehn Jahre älter fühlt. Ein Mutmacher, das Älterwerden mit Freude zu genießen.

BRUNNEN VERLAG GIESSEN
www.brunnen-verlag.de